Abé Kôbô
La face d'u
La femme
L'homme-boîte.
Le plan déchiqueté.

Allende Isabel
Les contes d'Eva Luna.

Amado Jorge
La bataille du Petit-Trianon.
Cacao.
Les deux morts de Quinquin-la-Flotte.
Le vieux marin.

Anderson Sherwood
Tar.

Ariyoshi Sawako
Kaé ou les deux rivales.
Les dames de Kimoto.
Les années du crépuscule.

Baldwin James
Harlem quartet.

Ballard J.G.
La bonté des femmes.

Barnes Julian
Le perroquet de Flaubert.
Le soleil en face.

Blixen Karen
Sept contes gothiques.

Bounine Ivan
Le monsieur de San Francisco.
Le village.
Le sacrement de l'amour.

Brink André
Un turbulent silence.
Le mur de la peste.

Čapek Karel
La vie et l'œuvre du compositeur Foltyn.

Carver Raymond
Les vitamines du bonheur.
Tais-toi, je t'en prie.
Parlez-moi d'amour.

Desai Anita
Un héritage exorbitant.

Garcia Morales Adelaïda
Le silence des sirènes.

Geiszler Horst
Cher Augustin.

Gorki Maxime
Tempête sur la ville.

Goytisolo Juan
Paysages après la bataille.
Chasse gardée.
Les royaumes déchirés.

Hackl Erich
Le mobile d'Aurora.

Han Suyin
Ton ombre est la mienne.

Herlihy James Leo
Macadam cow-boy.

Hesse Hermann
Demian.

Hoffmann E.T.A.
Nouvelles musicales.
Les élixirs du diable.

Inoué Yasushi
Les chemins du désert.
Combat de taureaux.
Le faussaire.
Le fusil de chasse.
Histoire de ma mère.
Confucius.

Jacobsen Jen Peter
Niels Lyhne.

James Henry
L'autel des morts.
Les papiers de Jeffrey Aspern.
Le regard aux aguets.
Daisy Miller.
Le tour d'écrou.
Impressions d'une cousine.
Roderick Hudson.
L'Américain.

Kadaré Ismail
Récits d'outre-temps.
Les adieux du mal.
La grande muraille.

Kaniuk Yoram
Confessions d'un bon Arabe.

Kästner Erich
Trois hommes dans la neige.

Kazan Elia
America, America.

Kesey Ken
Vol au-dessus d'un nid de coucou.

Kenzaburo Oé
Une affaire personnelle.

Kivi Aleksis
Les sept frères.

Lagerkvist Pär
Contes cruels.
La mort d'Ahasverus.
Le nain.
La sibylle.
L'exil de la terre.

Lagerlof Selma
L'anneau du pêcheur.
Les écus de Messire Arne.
L'empereur du Portugal.
Jérusalem en Dalécarlie.
La légende de Gösta Berling.

Lange Hartmut
Une fatigue.

Lawrence D.H.
Ile, mon île.
Le renard.
Matinées mexicaines.

Luxun
Journal d'un fou.

McCarthy Mary
L'oasis et autres récits.

Malerba Luigi
Clopes.
Le feu grégeois.

Mann Thomas
Tonio Kröger.
La mort à Venise.

Mansfield Katherine
Cahier de notes.
La garden-party.
Lettres.
Pension allemande.

Martinson Harry
Voyages sans but.

McCullers Carson
Le cœur hypothéqué.
Frankie Addams.
Reflets dans un œil d'or.
La ballade du café triste.
L'horloge sans aiguilles.

Meras Icchokas
La partie n'est jamais nulle.

Meyrink Gustav
Le golem.

Miller Henry
Virage à 80.
Max et les phagocytes.
Dimanche après la guerre.
Entretiens de Paris.

Nasreen Taslima
Lajja.

Nicolson Nigel
Portrait d'un mariage.

Oates Joyce Carol
Solstice.

O'Brien Edna
Qui étais-tu, Johnny ?
Les grands chemins.
Lanterne magique.

O. Henry
New York tic tac.

Olivia
Olivia par Olivia.

Ozick Cynthia
La galaxie cannibale.

Penn Warren Robert
La grande forêt.
Les fous du roi.

Prawer Jhabvala Ruth
La vie comme à Delhi.
Cette lutte incertaine.
Chaleur et poussière.

Purdy James
L'oiseau de paradis.

Queiroz Rachel de
L'année de la grande sécheresse.

Radičević Branko
Le trou de la serrure.

Ribeiro Aquilino
Casa Grande.

Rushdie Salman
Les enfants de minuit.

Sackville-West Vita
Escales sans nom.

Savinio Alberto
La maison hantée.

Schnitzler Arthur
Madame Béate et son fils.
Mademoiselle Else.
Mourir.
La pénombre des âmes.
La ronde.
Vienne au crépuscule.
L'étrangère.
Mademoiselle Else.

Scott Walter
La fiancée de Lammermoor.

Singer Isaac Bashevis
Amour tardif.
La corne du bélier.
Le domaine.
Le manoir.
Ennemies.
Yentl.
L'esclave.
Le fantôme.
Au tribunal de mon père.

Spark Muriel
Le pisseur de copie.
L'unique problème.
Memento mori.
L'appropriation.
Robinson.
L'abesse de Crewe.

Stangerup Henrik
Lagoa Santa.
Le séducteur.

Tanizaki Junichiro
Deux amours cruelles.

Tekin Latife
Contes de la montagne d'ordures.

Tevis Walter
La couleur de l'argent.

Tolstoï Léon
La mort d'Ivan Ilitch.
Un cas de conscience.

Tolstoï Comte Léon L.
La vérité sur mon père.

Tourguenieff Ivan
L'abandonnée.
L'exécution de Troppmann.
Fumée.
Journal d'un homme de trop.
Dimitri Roudine.

Traven B.
Le visiteur du soir.

Tyler Anne
Toujours partir.

Uhlman Fred
Il fait beau à Paris aujourd'hui.
La lettre de Conrad.

Undset Sigrid
L'âge heureux.
Jenny.
Printemps.
Vigdis la farouche.

Vanderbeke Birgit
Le dîner de moules.

Werfel Franz
Le passé ressuscité.

Wiechert Ernst
La servante du passeur.

Wilde Oscar
De profundis.

Wilson Angus
Saturnales.

Wolf Christa
Cassandre.
Aucun lieu. Nulle part.
Scènes d'été.
Ce qui reste.
Incident.
Trois histoires invraisemblables.
Changement d'optique.

Wolfe Thomas
De la mort au matin.

Woolf Virginia
Orlando.

Yamata Kikou
Masako.
La dame de beauté.

Zweig Stefan
Amok.
La confusion des sentiments.
Le joueur d'échecs.
Vingt-quatre heures de la vie d'une femme.
Nietzsche.

Si Beale Street pouvait parler

DU MÊME AUTEUR
AUX ÉDITIONS STOCK

CHASSÉS DE LA LUMIÈRE.
LE JOUR OÙ J'ÉTAIS PERDU.
HARLEM QUARTET.
MEURTRES À ATLANTA

LA BIBLIOTHÈQUE COSMOPOLITE

James Baldwin

Si Beale Street pouvait parler

roman

TRADUIT DE L'AMÉRICAIN
PAR MAGALI BERGER

STOCK

TITRE ORIGINAL

« If Beale Street could talk »

A Yoran.

Mary, Mary,
Comment vas-tu appeler
Ce joli petit bébé ?

Première partie

Préoccupé par mon âme

Je me regarde dans la glace. Mon vrai prénom est Clémentine, ce serait donc logique qu'on m'appelle Clem, et même, après tout, Clémentine, puisque c'est mon nom. Mais pas du tout. On m'appelle Tish. C'est peut-être logique aussi, en un sens. Je suis fatiguée et je commence à croire que tout ce qui arrive est logique. Parce que, sinon, ça pourrait pas arriver. C'est affreux de penser ainsi. Ce doit être à cause de tout ce malheur — qui, lui, n'est pas logique du tout.

Aujourd'hui, je suis allée voir Fonny. A lui non plus, ce n'est pas son vrai nom, il s'appelle Alonzo : ce serait logique qu'on l'appelle Lonnie. Mais nous avons toujours dit Fonny. Alonzo Hunt : c'est son nom. Je connais Fonny depuis toujours. Je l'appelle Alonzo seulement quand j'ai une mauvaise nouvelle à lui annoncer.

Aujourd'hui, j'ai dit : « Alonzo... »

Il m'a regardée, de ce regard aigu qu'il a quand je l'appelle par son nom véritable.

Il est en prison. Nous étions dans une pièce,

chacun sur un banc, avec une tablette devant nous, séparés par une cloison de verre. Comme on ne peut pas se parler à travers cette cloison, chacun a un petit téléphone. Je me demande pourquoi les gens baissent toujours les yeux quand ils parlent au téléphone. Il ne faut pas oublier de regarder la personne à qui on parle. Moi, maintenant, je n'oublie jamais parce que Fonny est en prison et que j'aime ses yeux et que chaque fois que je le vois, j'ai peur que ce soit la dernière. Alors, dès que j'arrive, je décroche le téléphone et je le regarde.

J'ai donc dit : « Alonzo... » Il a baissé les yeux, puis les a levés, a souri et, la main crispée sur le téléphone, a attendu.

Je ne souhaite à personne d'être obligé de regarder un être aimé à travers une vitre.

Je ne l'ai pas dit comme j'avais prévu de le dire. J'avais prévu de parler d'une voix dégagée pour ne pas le bouleverser, pour qu'il comprenne qu'il n'y avait pas la moindre accusation dans mon cœur.

Car je le connais bien. Il est très orgueilleux et s'inquiète beaucoup. A bien y penser, je sais — mais lui ne s'en rend pas compte — que c'est surtout pour ça qu'il est en prison. Il se fait déjà trop de soucis, je ne veux pas qu'il en ait d'autres à cause de moi. Je ne voulais même pas lui en parler. Mais je savais que je devais le faire. Il fallait qu'il le sache.

Je me disais aussi que quand il aurait fini de se faire du souci, quand il serait couché, tout seul, la nuit, seul avec lui-même, peut-être que tout au fond de son cœur, quand il y penserait, il serait content. Et ça l'aiderait.

J'ai dit : « Alonzo, nous allons avoir un bébé. » Je l'ai regardé. J'ai souri, je m'en souviens. On aurait dit que son visage s'enfonçait dans l'eau. Je ne pouvais pas le toucher. Je souhaitais tant le toucher. J'ai souri encore, mes mains sur le téléphone sont devenues moites et, pendant un instant, je n'ai plus vu son visage. J'ai secoué la tête, mon visage aussi était moite, et j'ai dit : « Je suis contente. Je suis contente. Ne t'inquiète pas. Je suis contente. »

Mais il était loin de moi, maintenant, il s'était retiré tout au fond de lui-même. J'ai attendu qu'il revienne. J'ai vu la question traverser son visage : un bébé de *moi ?* Je m'y attendais. Je ne veux pas dire qu'il doutait de moi : c'est une réaction normale chez un homme. Pendant ces quelques secondes de séparation, le bébé est devenu la seule chose réelle au monde, plus réelle que la prison, plus réelle que moi.

J'aurais dû le préciser : nous ne sommes pas mariés. C'est moins important pour moi que pour Fonny, mais je le comprends. Nous allions nous marier quand il a été arrêté.

Fonny a vingt-deux ans, moi dix-neuf.

Il a posé cette question stupide : « Tu en es sûre ?

— Non. Je n'en suis pas sûre. Je m'amuse à te taquiner. »

Alors il a souri. Il a souri parce que maintenant il savait.

« Qu'est-ce qu'on va faire ? » a-t-il demandé comme un petit garçon.

« Eh bien, comme nous n'avons pas l'intention de le noyer, il ne nous reste qu'à l'élever, je suppose. »

Fonny s'est renversé en arrière et a éclaté de rire. Il a ri tellement qu'à la fin, les larmes coulaient sur son visage. Alors j'ai compris que le mauvais moment, que je redoutais tant, était passé.

« Frank est au courant ? » a-t-il demandé.

Frank est son père.

« Pas encore.

— Et tes parents ?

— Non plus. Mais ne t'inquiète pas. Je voulais te l'annoncer d'abord à toi.

— Bon, a-t-il dit, un bébé, je suppose que c'est logique. »

Il m'a regardée puis a baissé les yeux. « Que vas-tu faire, sérieusement ?

— Ce que j'ai fait jusqu'à présent. Je travaillerai jusqu'au dernier mois. Ensuite, Maman et ma sœur s'occuperont de moi, inutile de t'inquiéter. De toute façon, nous t'aurons sorti d'ici là.

— Tu es sûre de ça ? Avec son petit sourire.

— Evidemment. J'en ai toujours été sûre. »

Je sais ce que signifie ce sourire, mais je ne peux pas me permettre d'y penser, pas maintenant, devant lui. Il *faut* que je sois sûre.

Le gardien s'est approché de Fonny. C'était l'heure. Fonny a souri et a tendu le poing, comme chaque fois ; j'ai tendu le mien et Fonny s'est levé. Je suis toujours surprise, ici, de voir combien il est grand. Bien sûr, il a perdu du poids et ça le fait paraître encore plus grand.

Il s'est dirigé vers la porte, l'a franchie et elle s'est refermée sur lui.

J'ai eu un vertige. Je n'avais guère mangé depuis le matin et il se faisait tard.

Je suis sortie à mon tour et j'ai traversé ces immenses corridors que j'en suis venue à détester, des corridors plus vastes que tout le Sahara. Le Sahara n'est jamais vide, ces corridors non plus. Si vous traversez le Sahara, et si vous tombez, les vautours se mettent à tourner au-dessus de vous, ils guettent votre mort. Ils tournent de plus en plus bas : ils attendent. Ils savent. Ils savent exactement quand votre chair est prête, quand l'âme ne peut plus lutter. Les pauvres n'en finissent jamais de traverser le Sahara, et les avocats, les *bondsmen* [1] et toute la clique tournent au-dessus d'eux, exactement comme des vautours. Oh ! ce n'est pas qu'ils soient plus riches que les pauvres, c'est même pour ça qu'ils sont devenus vautours, éboueurs, videurs de poubelles obscènes, y compris ceux qui sont noirs et qui, de bien des façons, sont pires que les autres. Personnellement, j'aurais honte, je crois. Mais j'ai été amenée à réfléchir à tout ça et maintenant je n'en suis plus sûre. Je me demande ce que je ne ferais pas pour sortir Fonny de prison. Je n'ai jamais rencontré de *honte* ici, à part des hontes comme la mienne, celle de dames noires, pauvres mais dignes, qui, quand elles s'adressent à moi, disent « Ma

1. Prêteur d'argent pour les cautions.

fille », et celle des fiers Portoricains qui ne comprennent pas ce qui leur arrive — les gens à qui ils s'adressent ne parlent pas espagnol — et qui sont honteux de voir des êtres chers en prison. Ils ont tort. Ce sont les gens responsables de ces prisons qui devraient avoir honte.

Moi, je n'ai pas honte de Fonny. Au contraire, je suis fière de lui. C'est un homme. Ça se voit à la façon dont il a encaissé toute cette saloperie. Quelquefois, je l'avoue, j'ai peur — parce que personne ne peut encaisser éternellement toutes ces saloperies qu'ils nous font. Dans ces moments, il faut se donner comme but de tenir jusqu'au lendemain. Si on pense trop loin, si on essaie seulement de penser au-delà du lendemain, on est fichu.

Parfois, je rentre à la maison par le métro, parfois en autobus. Aujourd'hui, j'ai pris l'autobus parce que le trajet est un peu plus long et que je voulais avoir du temps pour réfléchir.

Les ennuis, ça a un drôle d'effet sur l'esprit, je ne sais pas comment l'expliquer. Il y a des jours où on a l'impression d'entendre les gens, de leur parler, de faire son travail — en tout cas le travail se fait — mais, en réalité, on n'a vu ni entendu personne, et si quelqu'un vous demandait ce que vous avez fait ce jour-là, on serait incapable de répondre immédiatement. Mais, en même temps, ce même jour — et c'est ça qui est difficile à expliquer — on voit les gens comme on ne les avait jamais vus avant. Ils deviennent lumineux. Ça vient peut-être de ce que vos ennuis vous font voir les gens d'une autre façon. Vous vous interrogez davantage sur eux, mais d'une manière différente, et cela les rend étranges à vos yeux. Et aussi vous avez peur parce que vous ne savez plus si vous pouvez compter sur eux pour quoi que ce soit.

D'ailleurs, même s'ils voulaient vous aider, que pourraient-ils faire ? Impossible de dire à quelqu'un dans cet autobus : écoutez, Fonny a des ennuis, il est en prison — essayez d'imaginer ce que les gens dans cet autobus me diraient s'ils apprenaient, de ma bouche, que j'aime quelqu'un qui est en prison — et il n'a commis aucun crime, je le sais, s'il vous plaît, aidez-moi à le sortir de là. Essayez d'imaginer ce qu'ils diraient. Que diriez-vous, *vous ?* Impossible de leur avouer : j'attends un bébé de lui et j'ai peur, je ne veux pas qu'il arrive quelque chose au père de mon bébé, ne le laissez pas mourir en prison, je vous en prie ! Impossible de dire ça. Ce qui signifie que vous ne pouvez rien dire. Les ennuis, ça signifie qu'on est seul. Alors vous restez assise à regarder par la fenêtre de l'autobus et vous vous demandez si vous allez passer toute votre vie à faire ces aller et retour dans cet autobus. Mais que deviendra votre bébé ? Que deviendra Fonny ?

Et si vous avez jamais aimé cette ville, votre amour est bien mort maintenant. Si un jour je m'en sors, si nous nous en sortons, je ne remettrai plus les pieds dans cette partie de New York, je le jure.

Peut-être l'aimais-je avant, il y a bien longtemps, quand papa nous y emmenait, ma sœur et moi ; nous regardions les gens et les bâtiments et papa nous nommait les monuments et les endroits célèbres et nous allions parfois à Battery Park manger des hot dogs et une glace. C'étaient des journées merveilleuses qui nous remplissaient de bonheur — mais c'était à cause de notre père, pas de la ville. Parce que nous savions que notre père nous aimait. Maintenant, je peux dire, parce que j'en ai acquis la certitude, que la ville ne nous aimait pas. Les gens nous regardaient comme si nous avions été des zèbres — or il se trouve que certains aiment les zèbres et d'autres pas. Mais on ne demande jamais son avis au zèbre.

Je ne connais guère d'autres villes, c'est vrai, seulement Philadelphie et Albany, mais je suis sûre que New York est la ville la plus laide et la plus sale du monde. On y trouve les bâtiments les plus laids et les gens les plus mesquins. Et les pires flics, à coup sûr. S'il existe un endroit plus horrible que New York, il doit ressembler à l'enfer et empester la chair grillée. Et, justement, c'est exactement l'odeur de New York en été.

J'ai rencontré Fonny dans les rues de cette ville. J'étais toute petite, lui un peu moins. Je devais avoir six ans, lui neuf. Ils habitaient de l'autre côté de la rue, sa famille et lui, la mère, deux sœurs plus âgées et son père qui tenait une échoppe de tailleur. En y réfléchissant maintenant, je me demande pour qui il travaillait : personne, autour de nous, n'avait assez d'argent pour commander des vêtements à un tailleur — ou alors il fallait vraiment une occasion exceptionnelle. Mais ce n'est pas *nous* qui aurions pu faire marcher ses affaires. Je sais, bien sûr, que les gens, les gens de couleur, n'étaient plus aussi pauvres qu'avant, au temps où mon père et ma mère essayaient de joindre les deux bouts. Ils n'étaient pas aussi pauvres que quand les Noirs vivaient dans le Sud. Mais nous étions tout de même pauvres, et ça n'a pas changé.

Je n'avais jamais vraiment remarqué Fonny avant le jour où nous nous sommes battus, à la sortie de l'école. En fait, cette bagarre ne nous concernait pas directement, Fonny et moi. J'avais une amie du nom de Geneva, une fille vulgaire et sale, aux cheveux nattés serrés sur son crâne ; elle avait de longues jambes, des genoux osseux et gris et de grands pieds ; elle était toujours fourrée dans des histoires. Comme je n'étais jamais fourrée nulle part, elle était ma meilleure amie ; j'étais maigre et timide : je la suivais donc partout et me retrouvais dans tous ses ennuis à elle. Personne ne voulait de moi d'ailleurs et, *bien entendu,* personne ne voulait d'elle. Elle disait qu'elle ne pouvait pas souffrir Fonny. De le voir lui donnait envie de vomir. Elle ne cessait de répéter combien il était laid, avec sa peau qui ressemblait à des pelures de pommes de terre pourries, ses yeux comme ceux d'un Chinois et ses cheveux tout crépus et ses grosses lèvres ! Et puis il avait les jambes si arquées qu'on voyait des oignons sur les os de ses chevilles ; et ce derrière énorme, sa mère devait être un gorille. J'approuvais Geneva parce que je ne pouvais pas faire autrement, mais en réalité je ne trouvais pas Fonny aussi horrible que ça. Ses yeux me plaisaient assez et, pour être franche, je pensais que si les gens en Chine avaient des yeux semblables, ça ne me dérangerait pas du tout d'y aller. N'ayant jamais vu de gorille, je trouvais son derrière parfaitement normal ; d'ailleurs, à y réfléchir, il n'était pas aussi gros que celui de Geneva ; quant à ses jambes, ce n'est que bien plus tard que je m'aperçus qu'elles étaient, effectivement, un peu arquées. Geneva provoquait sans cesse Fonny. Il ne la remarquait même pas, je suppose. Il était bien trop absorbé par sa bande de copains, qui regroupait tous les voyous du quartier. On les voyait tout le temps dans la rue, les vêtements déchirés, saignants, pleins de bosses ; d'ailleurs, peu avant la bagarre, Fonny avait perdu une dent.

Fonny avait un ami, du nom de Daniel, un garçon grand, à la peau noire, qui éprouvait pour Geneva la même hostilité qu'elle montrait à l'endroit de Fonny. J'ai oublié l'origine de la dispute, mais très vite Daniel renversa Geneva, ils roulèrent tous deux à terre et moi j'essayai de repousser Daniel tandis que Fonny s'efforçait de m'écarter. Je me retournai pour le frapper et ramassai le premier objet qui me tomba sous la main. Ce n'était qu'un morceau de bois, mais il y avait un clou fiché dedans. Le clou érafla sa joue, la peau se fendit et le sang commença à perler. La vue du sang me terrifia. Fonny porta la main à son visage, me regarda, moi, puis sa main. Comme une sotte, je lâchai le bâton et m'enfuis. Fonny me courut après et Geneva, voyant le sang, se mit à hurler : « Tu l'as tué, tu l'as tué ! » Fonny n'eut aucun mal à me rattraper, il m'immobilisa de ses mains crispées et me cracha au visage à travers l'espace vide laissé par sa dent cassée. Le crachat m'atteignit en plein sur la bouche et ce fut pour moi une telle humiliation — il ne m'avait pas frappée et je sentais confusément qu'il n'avait pas voulu s'abaisser à me toucher — que je me mis à pleurer. C'est drôle, ma vie a peut-être changé en ce moment précis où Fonny m'a craché sur la bouche. Geneva et Daniel, qui avaient déclenché la bagarre et n'avaient pas une seule égratignure, s'en prirent alors à moi. Geneva criait que je l'avais tué, c'était sûr, les gens blessés par des clous rouillés attrapaient le tétanos et mouraient. Et Daniel dit que c'était vrai, il avait un oncle, là-bas dans le Sud, qui était mort comme ça. Fonny écoutait, tandis que le sang coulait sur son visage et que je continuais à pleurer. Il dut finir par comprendre que les deux autres parlaient de lui et qu'il était un homme mort — enfin, un garçon mort — car il se mit à pleurer lui aussi ; Daniel et Geneva lui prirent alors chacun un bras et l'emmenèrent et je restai seule.

Pendant quelques jours, je ne vis pas Fonny. J'étais sûre qu'il avait le tétanos et qu'il était en train de mourir ; Geneva m'expliquait que dès qu'il serait mort, ce qui ne saurait tarder, la police viendrait me chercher et on me mettrait sur la chaise électrique. J'observais la boutique du tailleur, mais tout paraissait normal. Toujours égal à lui-même, M. Hunt était là, à rire, à repasser des pantalons et à raconter des histoires à quiconque entrait dans la boutique — il y avait toujours quelqu'un prêt à passer un moment en sa compagnie. De temps en temps, j'apercevais Mme Hunt dans la rue. C'était une femme sanctifiée par le Seigneur et elle ne souriait pas souvent, mais ni l'un ni l'autre, pourtant, ne se comportait comme si leur fils était mourant. Au bout de quelques jours, j'attendis que la boutique fût vide de clients et que M. Hunt s'y trouvât seul et je traversai la rue. M. Hunt me connaissait un peu, nous nous connaissions tous, au moins de vue, dans le quartier.

« Salut Tish, dit-il. Comment ça va ? Et la famille ? »

Je dis : « Très bien, merci, monsieur Hunt. » J'aurais voulu ajouter : « Et chez vous ? » ce que je disais toujours et avais prévu de dire, mais je n'y arrivai pas.

« Et l'école, ça va ? » me demanda-t-il au bout d'un moment : je trouvai qu'il me regardait d'une drôle de façon.

« Très bien », et mon cœur se mit à battre si fort qu'il semblait prêt à s'échapper de ma poitrine.

M. Hunt rabattit cette espèce de double planche à repasser qu'on voit dans les boutiques de tailleur, il me regarda un long moment, se mit à rire et dit : « Mon grand cabochard de garçon ne va pas tarder à revenir, je suppose. » J'entendis cette phrase et je compris — quelque chose. Mais quoi, je n'en savais rien.

Je me dirigeai vers la porte, comme si je partais, puis je me tournai et dis : « Plaît-il ? »

M. Hunt souriait toujours. Il souleva sa planche, retourna le pantalon et reprit : « Fonny, sa maman l'a envoyé à la campagne dans sa famille à elle pour quelques jours. Paraît qu'il fait trop de bêtises ici. » Il rabattit la presse. « Elle sait pas le genre de bêtises qu'il risque de faire là-bas. » Il leva les yeux et me sourit. Plus tard, quand je fréquentai Fonny et fus amenée à mieux connaître M. Hunt, je m'aperçus que Fonny avait exactement le même sourire que son père. « Je lui dirai que tu es passée. »

Je dis : « Mes amitiés à votre famille, monsieur Hunt » et je partis en courant.

Geneva était assise sur mon perron. Elle me dit que j'avais l'air idiot et que j'avais failli me faire écraser.

Je m'arrêtai pour lui répondre : « Geneva Braithwaite, tu es une menteuse. Fonny a pas le tétanos et il va pas mourir. Et j'irai pas en prison. Si tu me crois pas, va demander à son papa. » Puis je montai les marches du perron, grimpai tout en haut de notre escalier et allai me réfugier dans un renfoncement où elle ne pouvait pas me voir.

Quatre ou cinq jours plus tard, Fonny revint. J'étais sur mon perron. Il s'assit à côté de moi. Il n'avait pas la moindre cicatrice. Il dit : « Je regrette de t'avoir craché au visage », et il me tendit un des deux beignets qu'il avait à la main. Je dis :

« Je regrette de t'avoir frappé. » Ce fut tout. Il mangea son beignet et je mangeai le mien.

Les gens ne croient pas que ça existe entre des garçons et des filles aussi jeunes — les gens ne croient pas à grand-chose et je commence à comprendre pourquoi — mais nous devînmes amis. Ou plutôt, mais ça revient au même — encore une chose que les gens refusent de voir — je devins sa petite sœur et il devint mon grand frère. Il n'aimait pas ses sœurs et je n'avais pas de frère. Chacun fut pour l'autre ce qui lui manquait.

Geneva se mit dans une colère épouvantable et cessa d'être mon amie. Quoique, à y réfléchir, je me demande si ce n'est pas moi qui, inconsciemment, cessai d'être la sienne ; parce que, maintenant — sans savoir vraiment ce que ça signifiait — j'avais Fonny. Daniel se fâcha avec Fonny, il le traita de fille et cessa d'être son ami — pendant longtemps ; un jour même, ils se battirent et Fonny perdit une autre dent. Quiconque connaissait Fonny à cette époque-là n'aurait pas hésité à affirmer qu'il ne lui resterait plus une seule dent dans la bouche à la fin de sa croissance.

Je voulais aller chercher les ciseaux de ma mère et tuer Daniel, mais Fonny me dit que je n'étais qu'une fille et que je n'avais pas à me mêler de ça.

Fonny devait aller à l'église tous les dimanches — devait est exactement le mot qui convient (bien qu'il réussît à tromper la vigilance de sa mère plus souvent qu'elle ne le croyait). Comme je l'ai dit, sa mère — plus tard je la connus mieux, elle aussi, et nous allons parler d'elle dans une minute — sa mère, donc, était une femme sanctifiée par le Seigneur et si elle ne pouvait pas sauver son mari, elle était bien décidée à sauver son enfant. Car c'était *son* enfant ; ce n'était pas *leur* enfant.

Voilà pourquoi, je crois, Fonny était si vilain. Pourquoi aussi, quand on le connaissait mieux, il était si gentil, il était vraiment quelqu'un, un être si merveilleux avec quelque chose de triste en lui quand on le connaissait mieux. M. Hunt, Frank, ne prétendait pas que c'était *son* enfant, mais il l'aimait. Les deux sœurs aînées n'étaient pas vraiment sanctifiées, mais elles auraient aussi bien pu l'être et elles ressemblaient beaucoup à leur mère. Il restait donc Frank et Fonny. En un sens, Frank avait Fonny pour lui et Fonny avait son père pendant toute la semaine. Tous deux le savaient et c'est pourquoi Frank pouvait laisser Fonny à sa mère le dimanche. Fonny faisait dans les rues exactement la même chose que Frank dans sa boutique de tailleur et chez lui : il se conduisait mal. C'est pourquoi Frank s'accrocha à cette boutique tant qu'il put. C'est pourquoi, quand Fonny revenait meurtri de ses vagabondages, Frank pouvait le soigner ; c'est pourquoi tous les deux, le père et le fils, pouvaient m'aimer. Et il n'y a rien de mystérieux dans tout ça, sauf que tout ce qui concerne les êtres humains relève du mystère. Plus tard, je me demandai si les parents de Fonny faisaient parfois l'amour. J'interrogeai Fonny. « Oui. Mais pas comme toi et moi. Je les entendais certains soirs. Elle revenait de l'église, tout excitée et humide. Elle prétendait être si fatiguée qu'elle ne pouvait plus faire un pas et elle se laissait tomber sur le lit toute habillée — elle avait peut-être juste assez de forces pour enlever ses chaussures. Et son chapeau. Elle laissait toujours tomber son sac quelque part. J'entends encore le bruit, quelque chose de lourd avec des pièces de monnaie à l'intérieur. Je l'entendais dire : " Sûr, que le Seigneur a béni mon âme ce soir. Chéri, quand c'est que tu vas donner ta vie au Seigneur ? " Et alors lui, et il était allongé sur le lit avec sa queue qui devenait grosse, et, excuse-moi, baby, mais elle était pas en meilleur état non plus, parce que, tu comprends ? c'était comme le jeu que jouent deux chats de gouttière, la nuit dans la ruelle. La chatte va râler et miauler comme une perdue, elle l'aura ce chat, elle va le poursuivre dans toute la ruelle, elle va le poursuivre jusqu'à ce qu'il lui morde le cou — lui a plutôt envie de dormir maintenant, mais elle a déchaîné ses grandes orgues, il faut qu'il arrête cette musique et il y a qu'une façon de le faire, il va lui mordre le cou et elle l'aura. Alors, mon père était étendu sur ce lit, tout nu, avec sa queue qui devenait de plus en plus dure et il disait : " M'est avis qu'il serait peut-être temps que ce soit le Seigneur qui me donne sa vie. " Et elle : " Oh ! Frank, laisse-moi te conduire jusqu'au Seigneur. " Et lui : " Merde, femme, je m'en vais conduire le Seigneur jusqu'à toi. Je suis le Seigneur. " Alors elle se mettait à pleurer et elle gémissait : " Seigneur, aide-moi à sauver cet homme. Tu me l'as donné et je suis impuissante. Oh ! Seigneur, aide-moi ! " Et lui : " Le

Seigneur va t'aider mon chou, dès que tu seras redevenue un petit enfant, un petit enfant tout nu. Viens, approche-toi du Seigneur. " Elle continuait à pleurer et à appeler Jésus pendant qu'il la déshabillait — j'entendais les vêtements tomber avec un bruit mat sur le plancher et quelquefois, le matin, quand je traversais leur chambre pour aller à l'école, mon pied se prenait dedans ; quand il l'avait déshabillée, il s'allongeait sur elle et elle continuait de crier : " Jésus ! Aide-moi, Seigneur ! " et mon père disait : " Tu l'as, maintenant, le Seigneur. Où veux-tu sa bénédiction ? Où est-ce que ça te fait mal ? Où veux-tu que les mains du Seigneur te touchent ? Ici ? Ou là ? Où c'est que tu veux sa langue ? Où veux-tu qu'il te pénètre, sale et idiote putain noire ? Salope ! Salope ! ! Salope ! " Il lui donnait de grandes claques. Elle criait : " Oh ! Seigneur, aide-moi à porter mon fardeau ! " et il disait : " Le voilà, baby, tu vas le porter très bien, j'en suis sûr. Jésus est ton ami et y va pas tarder à arriver, ça approche. " Le lit grinçait et elle gémissait de plus en plus fort. Le matin, c'était comme si rien ne s'était passé. Elle était toujours la servante fidèle de Jésus et lui regagnait sa boutique de tailleur ! »

Fonny ajoutait : « Si je n'avais pas été là, je suis sûr qu'il se serait tiré. Je serai toujours reconnaissant à mon père de ne pas m'avoir laissé. » Le visage de Fonny rayonnait quand il parlait de son père.

Fonny alors se mettait à rire, me prenait dans ses bras et disait : « Tu me fais terriblement penser à ma mère, tu sais ? Allons, chante avec moi *Pécheur, aimes-tu mon Seigneur ?* et si j'entends pas de gémissements, je saurai que tu es pas sauvée. »

Ce n'est pas souvent, je suppose, que deux personnes peuvent rire et faire l'amour en même temps, qu'ils font l'amour parce qu'ils rient et rient parce qu'ils font l'amour. L'amour et le rire ont la même source. Mais peu de gens s'y abreuvent.

Un samedi, Fonny me proposa d'aller à l'église avec lui le lendemain matin et j'acceptai, bien que, étant baptistes, nous ne fussions pas censés fréquenter une église sanctifiée. Mais tout le monde savait maintenant que Fonny et moi étions amis, c'était devenu un simple fait. A l'école et dans le quartier, on nous appelait Roméo et Juliette, (ce qui ne veut pas dire que les gens connaissaient la pièce). Le dimanche matin, Fonny arriva donc, l'air horriblement malheureux dans son costume bleu avec ses cheveux luisants et aplatis, et sa raie si implacablement tracée qu'elle semblait avoir été faite avec un rasoir ou un tomahawk ; Sis [1] m'avait habillée, j'étais prête. Nous descendîmes ; au fond, c'était notre premier rendez-vous officiel. Sa mère nous attendait en bas des escaliers.

Cela se passait juste avant Pâques ; il ne faisait ni trop froid ni trop chaud.

Bien que nous fussions alors très jeunes et que je n'eusse pas la moindre intention de lui prendre

1. Abréviation de *sister* (sœur).

son fils, que d'ailleurs elle n'aimait pas vraiment — l'affection faisait partie de son devoir envers lui puisqu'elle l'avait mis au monde — déjà Mme Hunt ne m'aimait pas. Je le savais à des tas de détails comme, par exemple, le fait que je n'allais jamais chez Fonny, c'est lui qui venait chez nous. Pas à cause de Fonny ou de Frank, mais parce que la mère et les deux sœurs ne voulaient pas de moi. En un sens, comme je l'ai compris plus tard, elles ne me trouvaient pas assez bien pour Fonny — c'est-à-dire que je n'étais pas assez bien pour *elles,* mais qu'en même temps, Fonny ne méritait peut-être pas mieux. J'ai la peau sombre, mes cheveux sont... des cheveux, sans plus, et je n'ai rien d'extraordinaire, même Fonny ne cherche pas à prétendre que je suis jolie ; il dit que les jolies filles n'apportent que des emmerdements.

En disant ça, il pense à sa mère — d'ailleurs, quand il veut me taquiner, il prétend que je lui rappelle sa mère. Je n'ai absolument rien de commun avec elle, il le sait, mais il sait aussi que je sais combien il l'a aimée : combien il voulait l'aimer, avoir le droit de l'aimer.

Mme Hunt et ses filles ont la peau claire, et on sent que Mme Hunt a dû être très belle quand elle était jeune à Atlanta, là où elle est née. Elle a gardé cette expression, cet air de dire : « Ne me touchez pas » que les belles femmes conservent jusqu'à la mort. Les sœurs sont moins belles que leur mère et elles n'ont pas grandi à Atlanta, mais elles ont la peau claire et les cheveux longs. Fonny est plus clair que moi, mais beaucoup plus foncé qu'elles, il a des cheveux bêtement crépus et toute la graisse que sa mère leur appliquait le dimanche n'arrivait pas à les rendre lisses.

En fait, Fonny ressemble à son père. Mme Hunt m'adressa donc un sourire plein de patience angélique quand je sortis de la maison avec Fonny ce dimanche-là.

— Je suis bien contente que tu viennes à la maison du Seigneur aujourd'hui, Tish, dit-elle. Mon Dieu, comme tu es jolie ce matin ! »

La façon dont c'était dit me faisait clairement comprendre comment j'étais les autres matins, et d'une façon générale.

Je dis : « Bonjour, madame Hunt », et nous descendîmes la rue.

C'était la rue du dimanche matin. Nos rues ont des jours et même des heures. Là où je suis née, et là où mon bébé naîtra, rien qu'en regardant la rue, on peut presque savoir ce qui se passe dans les maisons. Ainsi, trois heures de l'après-midi le samedi est une très mauvaise heure. Les gosses ne sont pas à l'école, les hommes ne travaillent pas. On pourrait croire que c'est une joyeuse réunion familiale, mais pas du tout. Les gosses voient les hommes. Les hommes voient les gosses. Et cela exaspère les femmes qui sont occupées à faire la cuisine, le nettoyage et à se défriser les cheveux, et qui voient ce que les hommes refusent de voir. Il n'y a qu'à regarder la rue, qu'à écouter les voix des femmes criant aux enfants de rentrer, qu'à les voir sortir des maisons — comme des ouragans — asséner une gifle aux enfants et les traîner à l'intérieur ; il suffit d'entendre hurler les enfants, et de voir les hommes, sourds à toute cette agitation, debout devant une palissade ou assis chez le coiffeur, faire circuler une bouteille avant de se diriger vers le bar du coin où ils vont agacer la serveuse, se battre entre eux et s'adonner à leurs libations jusqu'à très tard. Le samedi après-midi est un gros nuage qui envahit le ciel : on attend que l'orage éclate.

Mais le dimanche matin, le ciel s'est dégagé, l'orage a fait ses ravages et s'est éloigné. Peu importent les dégâts, tout le monde est propre maintenant. Les femmes ont réussi à recoller les morceaux, à éviter les catastrophes. Tout le monde est donc lavé, astiqué, brossé et graissé. Plus tard, ils mangeront du jarret de porc, des andouillettes ou du poulet rôti ou frit, avec des patates douces, du riz et des légumes verts ou avec de grosses galettes de maïs ou de blé. Ils se retrouveront en famille, se disputeront et se réconcilieront. Le dimanche, quelques hommes lavent leur voiture, avec plus de minutie que leur propre peau.

Descendant la rue, en ce dimanche matin, entourée d'un côté par Fonny qui avançait comme un prisonnier et de l'autre par Mme Hunt, reine pénétrant d'un pas assuré dans son royaume, j'avais le sentiment de traverser une fête foraine. Mais, maintenant, je sais que c'est la présence de Fonny — muet à mes côtés — qui me donnait cette impression de fête. Bien avant d'arriver, nous entendîmes les tambourins de l'église.

« Sûr, que ce serait bien si on pouvait amener ton père à la maison du Seigneur, un de ces matins », dit Mme Hunt. Puis elle me regarda : « A quelle église vas-tu d'habitude, Tish ? »

Comme je l'ai dit, nous étions baptistes. Mais nous n'allions pas souvent à l'église — à Noël, à Pâques, en ce genre d'occasion. Maman ne pouvait pas souffrir ces dames de l'église et elle le lui rendaient bien ; Sis tient plutôt de maman, et papa, lui, ne voyait aucune raison de courir après le Seigneur et ne semblait pas éprouver un respect immodéré pour lui.

Je dis : « Nous allons à Abyssinia Baptist », les yeux fixés sur les fentes du trottoir.

« C'est une très jolie église », remarqua Mme Hunt — comme si c'était le plus grand compliment qu'on puisse faire à cette église.

Il était onze heures. Le service venait de commencer. En fait, l'école du dimanche avait commencé à neuf heures et, en temps ordinaire, Fonny était censé y assister. Mais, ce dimanche-là, il en avait été exceptionnellement dispensé à cause de moi. A la vérité aussi, Mme Hunt était plutôt paresseuse et n'aimait pas tellement se lever si tôt pour s'assurer que Fonny y allait bien. A l'école du dimanche, il n'y avait personne pour l'admirer — pour admirer son corps si soigneusement lavé et vêtu et la blancheur de neige de son âme. Pas question pour Frank de se lever pour conduire Fonny ; quant aux sœurs, elles ne voulaient pas se salir les mains en touchant la tête crépue de leur frère. Mme Hunt était donc obligée de se lever et, tout en poussant de profonds soupirs et en louant le Seigneur, de préparer Fonny. Seulement, si elle ne le conduisait pas par la main jusqu'à l'église, il s'arrêtait en chemin ; et plus d'une fois, cette femme si pieuse s'installa sur son banc d'église sans savoir où était et ce que faisait son fils. Frank devait me dire des années plus tard : « Chaque fois qu'Alice a un problème dont elle ne veut pas s'embarrasser, elle le dépose entre les mains du Seigneur. »

L'église était un ancien bureau de poste. Je ne sais pas dans quelles circonstances le bâtiment avait été mis en vente ni comment quelqu'un avait eu envie de l'acheter, car il ressemblait toujours à un bureau de poste, long, sombre et bas de plafond. On avait abattu quelques cloisons, installé des bancs et accroché les objets religieux et des panneaux indiquant l'heure des offices ; mais le plafond était fait de ces horribles plaques de tôle ondulée qu'on n'avait pas pris la peine de peindre. Quand on entrait, la chaire semblait terriblement loin. Je pense que les gens étaient très fiers de la grandeur de leur église et d'avoir pu l'acheter. Evidemment, j'étais habituée (si l'on peut dire) à Abyssinia, qui était plus claire et avait une galerie. C'est là que nous nous asseyions, moi sur les genoux de ma mère. Chaque fois que je pense à un certain cantique *Jour serein,* je me retrouve dans cette galerie, sur les genoux de ma mère, et quand j'entends *Calme béni,* je pense à l'église de Fonny et à sa mère. Je ne veux pas dire par là que l'église ou le cantique respiraient le calme, mais je ne me souviens pas d'avoir jamais entendu ce chant dans notre église. Je l'associerai toujours à l'église de Fonny parce que, quand on le chanta ce matin-là, Mme Hunt « fut transportée ».

C'est toujours un spectacle de voir les gens « transportés » et « saisis par la grâce », même si on le voit tout le temps. Les gens n'étaient pas souvent « transportés » dans notre église : nous étions respectables, plus civilisés, moins sanctifiés. C'est un spectacle qui m'effraie toujours : probablement parce que Fonny le détestait.

Cette église était si vaste qu'elle avait trois allées. Or, contrairement à ce qu'on pourrait penser, il est beaucoup plus difficile dans ce cas de trouver l'allée centrale que quand il y a une seule allée au milieu. Il y faut une sorte d'instinct. Nous entrâmes donc et Mme Hunt nous conduisit tout droit à l'allée qui se trouvait le plus à gauche de sorte que tous les gens assis avant se retournèrent pour nous regarder. Nous en valions d'ailleurs la peine. D'abord, il y avait moi, petite silhouette noire et maigrichonne dans une robe bleue, avec mes cheveux aplatis et ornés d'un ruban bleu. Puis Fonny, qui me tenait la main, l'air torturé dans son costume bleu, sa chemise blanche et sa cravate bleue, les cheveux sinistrement luisants, autant de la sueur qui perlait sur son crâne que de la vaseline dont sa mère l'avait enduit. Enfin venait Mme Hunt qui, dès que nous eûmes franchi les portes de l'église, se trouva, par je ne sais quel phénomène, remplie d'un amour implacable pour ses deux petits païens et nous conduisit solennellement jusqu'au propitiatoire. Elle portait un ensemble rose ou beige, je ne me souviens plus très bien, mais il ressortait dans cette obscurité. Elle arborait aussi un de ces horribles chapeaux alors à la mode, avec un voile qui descendait jusqu'aux yeux ou au nez et donnait aux femmes l'air d'avoir une maladie de peau. Elle portait enfin des chaussures à talons hauts qui claquaient comme des pistolets à chaque pas et s'avançait la tête haute et noble. Elle avait été sauvée dès la seconde où elle était entrée dans l'église : sanctifiée et bénie. Encore aujourd'hui, je me rappelle le tremblement qui m'envahit, au plus profond de mon être. Vous saviez que vous ne pouviez pas espérer lui adresser la moindre parole, le moindre mot, si vous n'acceptiez pas d'abord de passer entre les mains du Dieu Vivant — et Il en discuterait avec elle avant de vous répondre. Le propitiatoire : elle nous mena jusqu'au premier rang et nous fit asseoir devant. Elle nous fit asseoir, mais elle s'agenouilla devant son siège, inclina la tête et se couvrit les yeux en prenant bien soin de ne pas déranger cette foutue voilette. Je glissai un coup d'œil à Fonny, mais il s'obstinait à regarder droit devant lui. Mme Hunt se releva, fit face un instant à toute l'assemblée puis s'assit modestement.

Quelqu'un témoignait, c'était un jeune homme aux cheveux rougeâtres, il parlait du Seigneur, qu'Il avait effacé toutes les impuretés de son âme et arraché la luxure de sa chair. Quelques années plus tard, je l'apercevais parfois dans le quartier. Il s'appelait George : on le voyait assis sur un perron ou sur le trottoir, dodelinant de la tête ; il mourut d'une *overdose*. L'assemblée le submergea d'amen ; dans la chaire, une sœur en longue robe blanche fit un bond et poussa un petit cri ; tout le monde gémit : « Aide-le, Seigneur Jésus, aide-le ! » et il ne fut pas plutôt assis qu'une autre sœur — elle s'appelait Rose et allait bientôt quitter l'église et avoir un bébé — je me rappelle encore la dernière fois que je l'aie vue, je devais avoir quatorze ans, elle allait par les rues couvertes de neige, le visage abîmé, les mains gonflées, un haillon de fichu sur la tête, les bas sur les chevilles, et elle chantonnait — se leva et commença à chanter : *Qu'as-tu éprouvé quand tu es sorti du désert, appuyé sur le Seigneur ?* C'est alors que Fonny me regarda, une brève seconde. Mme Hunt chantait et frappait des mains, la fièvre montait dans l'assemblée.

Je remarquai une autre sœur, assise à côté de Fonny ; plus sombre de peau et moins belle que Mme Hunt, mais tout aussi élégante, elle levait les bras et criait : « Saint ! saint ! trois fois saint ! Béni soit ton nom, Jésus ! Béni soit ton nom ! » Alors Mme Hunt se mit aussi à crier et sembla lui répondre : on aurait dit que chacune essayait de surpasser l'autre. La sœur à côté de Fonny était habillée de bleu, un bleu très foncé, et elle portait un chapeau bleu assorti, le genre de chapeau qui se place en arrière de la tête — comme une calotte — avec une rose blanche et, chaque fois qu'elle bougeait la tête, la rose bougeait, chaque fois qu'elle s'inclinait, la rose s'inclinait aussi. Cette rose blanche, par contraste surtout avec la peau noire et la robe bleu foncé, semblait être quelque lueur surnaturelle. Fonny et moi étions immobiles entre elles et les voix des fidèles montaient autour de nous en un crescendo féroce et implacable. Nous ne nous touchions pas, nous ne nous regardions pas et pourtant nous

nous accrochions l'un à l'autre comme deux enfants sur un bateau qui tangue. Un garçon au fond, que je revis par la suite lui aussi, du nom de Teddy, un gros garçon à la peau marron, large de partout sauf où il aurait dû l'être, aux hanches, aux mains, aux fesses, aux pieds, une espèce de champignon renversé, se mit à chanter :

« *Calme béni, calme saint.* »

« *Quelle paix dans mon âme* », chanta Mme Hunt.

« *Sur la mer en furie* », entonna l'autre sœur à côté de Fonny.

« *Jésus me parle* », reprit Mme Hunt.

« *Et les flots s'apaisent* », conclut la sœur à la peau noire.

Teddy frappa sur le tambourin et ce fut le signal pour le pianiste — celui-là, je ne le revis pas : un frère maigre, sombre, à l'air mauvais, avec des mains d'étrangleur ; il attaqua le clavier comme s'il voulait arracher le cerveau de quelqu'un dont le souvenir le poursuivait. Les fidèles devaient aussi avoir leurs souvenirs, car ils se déchaînèrent. L'église vibra. Fonny et moi étions aussi atteints par ce déferlement, mais à leur insu et d'une autre façon. Maintenant, nous savions que personne ne nous aimait, ou plutôt nous savions qui nous aimait et que quiconque nous aimait ne se trouvait pas ici.

C'est drôle de voir à quoi on s'accroche pour résister à la terreur qui vous submerge. Jusqu'à ma mort, je suppose, je reverrai la rose blanche de la dame. Soudain, dans cet endroit effrayant, elle sembla se dresser ; je saisis la main de Fonny ;

les deux femmes, tout à coup, s'étaient levées et dansaient : la danse sacrée. La dame à la rose penchait la tête en avant et la rose se déplaçait comme la foudre au-dessus d'elle ; la dame à la voilette se rejetait en arrière : la voilette relevée maintenant au-dessus de son front, encerclant ce front, semblait faite de milliers de gouttelettes d'eau noire qui allaient tomber sur nous et nous baptiser. Les gens autour de nous s'écartèrent pour leur faire de la place et elles gagnèrent en dansant l'allée centrale. Elles portaient toutes les deux des talons hauts et avaient gardé leur sac à main.

Nous ne sommes plus jamais allés à l'église, Fonny et moi. Nous n'avons jamais parlé de ce premier rendez-vous. Mais, plus tard, la première fois que je suis allée le voir aux Tombs[1], en montant ces escaliers et en franchissant ces corridors, j'ai cru me retrouver dans cette église.

Maintenant que j'avais parlé du bébé à Fonny, je savais qu'il me fallait le dire à maman et à Sis — son vrai nom est Ernestine et elle a quatre ans de plus que moi – ainsi qu'à papa et à Frank. Je suis descendue de l'autobus ; j'hésitai sur la direction à prendre – à droite pour aller chez Frank, quelques immeubles plus loin, ou à gauche, chez moi. Je ne me sentais pas bien et j'ai préféré rentrer à la maison. J'aurais voulu le dire à Frank

1. Prison.

d'abord, mais je ne me sentais pas capable de marcher jusqu'à son immeuble.

Maman est une femme étrange — c'est ce que disent les gens. Elle avait vingt-quatre ans quand je suis née, elle en a donc plus de quarante maintenant. Il faut que je vous dise quelque chose : je l'adore. Je la trouve très belle. Peut-être pas belle à regarder — si toutefois ça a un sens dans ce royaume d'aveugles où nous vivons. Maman commence à prendre du poids. Elle a quelques cheveux gris, mais seulement sur la nuque — ce que les femmes de sa génération appellent la « cuisine » — et au sommet de son crâne ; on ne voit donc ses cheveux gris que lorsqu'elle incline la tête ou tourne le dos, ce qu'elle ne fait pas souvent. Quand elle vous fait face, elle est noir sur noir. Elle s'appelle Sharon. Quand elle était jeune, elle voulait être chanteuse. Elle est née à Birmingham ; elle réussit à sortir de ce coin de l'enfer à dix-neuf ans en s'enfuyant avec un orchestre itinérant, ou plus précisément avec le batteur. Ça ne marcha pas parce que, comme elle dit : « Je ne sais pas si je l'ai jamais vraiment aimé. J'étais jeune, mais maintenant je me rends compte que je l'étais même pour mon âge. Si tu vois ce que je veux dire. En tout cas, je sais que je n'étais pas assez femme pour aider cet homme, pour lui donner ce dont il avait besoin. »

Il partit de son côté et elle du sien et elle se retrouva à Albany, serveuse dans un bar. Elle avait vingt ans et avait compris qu'elle avait peut-être une jolie voix, mais qu'elle n'était pas une chanteuse ; que choisir et supporter la vie de chanteuse exigeait beaucoup plus qu'une voix. Elle ne savait donc plus très bien où elle en était. Elle se sentait couler ; les gens autour d'elle coulaient, chaque jour ; et Albany n'est pas exactement un don de Dieu pour les Noirs.

Je dois ajouter qu'à mon avis l'Amérique n'est un don de Dieu pour personne — ou sinon les jours de Dieu sont comptés. Ce Dieu que les gens prétendent servir — et qu'ils servent de façons qu'ils ignorent — a un sens de l'humour plutôt sinistre. Qu'il faudrait Lui écraser les couilles, s'Il était un homme. Ou si *vous* en étiez un.

A Albany, elle rencontra Joseph, mon père, à une gare d'autobus. Elle venait de quitter sa place et lui la sienne. Il a cinq ans de plus qu'elle et travaillait alors comme porteur au terminus d'autobus. Il était originaire de Boston et, de son vrai métier, matelot dans la marine marchande, mais il était en quelque sorte coincé à Albany, surtout à cause de cette femme plus âgée avec qui il vivait alors et à qui ça ne bottait pas tellement qu'il coure les mers. Quand Sharon, ma mère, entra dans ce terminus d'autobus avec sa petite valise de carton et ses grands yeux effrayés, c'était la fin de son histoire avec cette femme. En plus, Joseph n'aimait pas les terminus d'autobus – et c'était l'époque de la guerre de Corée, alors il savait que, s'il ne prenait pas la mer bientôt, il se retrouverait dans l'armée, et ça ne lui bottait pas du tout. Comme cela arrive quelquefois dans la vie, tout se dénouait en même temps : c'est alors que Sharon parut.

Il dit, et je le crois, que dès qu'il la vit s'éloigner du guichet et s'asseoir sur un banc, il sut qu'il n'accepterait pas de la perdre de vue. Elle regardait autour d'elle, d'un air qu'elle voulait assuré et insouciant, mais elle paraissait simplement terrorisée. Il avait envie de rire et, en même temps, quelque chose dans ce regard effrayé lui mettait les larmes aux yeux.

Sans perdre de temps, il alla vers elle.

« Excusez-moi, mademoiselle. Vous allez en ville ?

— A New York, vous voulez dire ?

— Oui, c'est ça, à New York.

— Oui, j'y vais, dit-elle interloquée.

— Moi aussi. » Il avait pris sa décision à l'instant, après s'être assuré qu'il avait assez d'argent sur lui pour payer son billet. « Mais je ne connais pas très bien cette ville. Et vous ?

— Non, pas tellement », répondit-elle, de plus en plus terrifiée par ce dingue dont elle ne savait ni qui il était ni ce qu'il voulait. Elle était allée deux ou trois fois à New York, avec son batteur.

« J'ai un oncle qui y habite et il m'a donné son adresse, alors je me disais que peut-être vous savez où c'est. » Il connaissait à peine New York — son port d'attache principal avait été San Francisco — et il donna à maman le premier nom de rue qui lui passa par la tête, ce qui la terrifia encore plus : c'était une adresse du côté de Wall Street.

« Oui, je vois..., dit-elle, mais je ne crois pas que des gens de couleur y habitent. » Elle n'osait pas dire à ce fou que *personne* n'habitait là, que tout ce qu'on y trouvait, c'était des cafétérias, des entrepôts et des bureaux. « Seulement des Blancs », ajouta-t-elle, prise de l'envie de s'enfuir.

« C'est ça, dit-il, mon oncle est blanc », et il s'assit à côté d'elle.

Il lui fallait aller acheter son billet, mais il n'osait pas la laisser, il avait peur qu'elle disparaisse. L'autobus arriva et elle se leva. Il se leva aussi, lui prit sa valise, dit : « Permettez-moi » et, la tenant fermement par le coude, la conduisit jusqu'au guichet. Elle attendit à ses côtés pendant qu'il prenait son billet : elle ne pouvait rien faire d'autre sinon se mettre à crier et appeler au secours ; de toute façon, elle ne pouvait pas l'empêcher de monter dans l'autobus. Elle espérait trouver une solution pour s'en débarrasser avant d'arriver à New York.

Ce fut la dernière fois que mon père vit cette gare d'autobus et qu'il porta les bagages d'une inconnue.

Naturellement, quand ils arrivèrent à New York, elle n'avait pas réussi à se débarrasser de lui et il ne semblait pas très pressé d'aller retrouver son oncle blanc. Il l'aida à s'installer dans une pension puis se rendit dans une auberge de la Y.M.C.A. Le lendemain matin, il vint la chercher pour prendre le petit déjeuner. Huit jours plus tard, ils étaient mariés ; il partait en mer et, un peu étourdie, ma mère s'installait dans sa nouvelle vie.

Elle prendra bien la nouvelle à propos du bébé, et ma sœur aussi, j'en suis sûre. Papa réagira plus mal peut-être, mais c'est parce qu'il connaît moins bien sa fille que maman et Ernestine. Il se fera du souci pour d'autres raisons, et il le montrera davantage.

Il n'y avait personne à la maison quand je suis arrivée. Notre appartement est au dernier étage d'un immeuble dans un groupe d'H.L.M. Nous l'habitons depuis cinq ans et il n'est pas trop moche pour ce genre de construction. Nous avions décidé, Fonny et moi, d'aménager un grenier dans l'East Village et nous en avions visité pas mal. Ça nous semblait la meilleure solution, car nous ne pouvions pas payer le loyer d'un appartement dans cette catégorie d'immeuble ; en plus, Fonny déteste ce genre d'endroit et il n'aurait pas eu de place pour travailler à sa sculpture. Les autres immeubles de Harlem sont pires. Impossible d'y commencer une nouvelle vie, on y a trop de souvenirs du passé, pas question d'y élever votre bébé. Mais quand on y réfléchit, c'est effrayant le nombre de bébés qui ont été élevés là, avec des rats aussi gros que des chats, des cafards comme des souris, des échardes dans le plancher aussi grosses que des doigts, et qui ont réussi à survivre. Mieux vaut ne pas penser à tous ceux qui n'y sont pas parvenus ; et les autres en ont tous gardé quelque chose de triste en eux.

Il n'y avait pas cinq minutes que j'étais arrivée quand maman est entrée. Elle avait un sac à provisions à la main et portait ce que j'appelle son chapeau de commissions, une espèce de béret beige informe.

« Comment vas-tu, mon tout petit ? » Elle souriait, mais le regard qu'elle m'a jeté était perçant. « Comment va Fonny ?

— Comme d'habitude. Il va bien. Il vous embrasse.

— Bon. Tu as vu l'avocat ?

— Pas aujourd'hui. Je dois y aller lundi, après mon travail.

— Il a été voir Fonny ?

— Non. »

Elle a soupiré et enlevé son béret qu'elle a posé sur le poste de télévision. J'ai ramassé le sac à provisions et l'ai suivie dans la cuisine. Maman a commencé à ranger ses achats.

A demi-assise, à demi-appuyée sur l'évier, je la regardais faire. Soudain, j'ai été prise de panique et mon ventre s'est contracté. Alors j'ai compris que j'allais sur mon quatrième mois et qu'il fallait que je le dise. Ça ne se voyait pas encore, mais un de ces jours, maman allait me jeter un autre regard perçant. Et, tout à coup, alors que j'étais là, appuyée contre l'évier à la regarder — debout devant le réfrigérateur, elle examinait un poulet d'un air critique tout en fredonnant un air entre ses lèvres, comme quand on a l'esprit préoccupé par quelque chose, quelque chose de pénible qui va vous tomber dessus d'une minute à l'autre — tout à coup, j'ai senti qu'elle savait, qu'elle avait toujours su, qu'elle attendait seulement que je parle.

J'ai dit : « Maman ?...

— Oui, ma puce ? » Tout en continuant à fredonner. Mais je n'ai pas poursuivi. Aussi, au bout d'un moment, elle a fermé la porte du réfrigérateur, s'est tournée vers moi et m'a regardée.

Je me suis mise à pleurer. A cause de ce regard.

Pendant une minute, elle n'a pas bougé. Puis elle s'est approchée, a placé une main sur mon front et l'autre sur mon épaule. Elle a dit : « Viens dans ma chambre. Ton papa et Sis vont arriver d'une minute à l'autre. »

Nous sommes allées dans sa chambre, elle m'a fait asseoir sur son lit et a fermé la porte. Elle ne m'a pas touchée. Elle est restée assise parfaitement immobile à côté de moi. Comme si elle devait rester d'autant plus intacte que moi, je partais en petits morceaux.

Puis elle a dit : « Tish, voyons ! Y a pas de raison pour que tu pleures. Tu en as parlé à Fonny ?

— Je lui ai dit aujourd'hui. J'ai pensé que je devais lui en parler d'abord.

— Tu as bien fait. Je parie qu'il a eu un grand sourire. »

Je lui ai jeté un coup d'œil et j'ai ri :

« Oui, exactement.

— Il faut que tu... voyons... tu vas sur ton quatrième mois ?

— Presque.

— Pourquoi tu pleures ? »

Alors elle m'a enfin touchée, elle m'a prise dans ses bras et m'a bercée et j'ai pleuré de plus belle.

Elle m'a passé un mouchoir et je me suis mouchée. Puis elle est allée jusqu'à la fenêtre et s'est mouchée.

« Maintenant, écoute-moi, elle a dit, tu as assez de soucis comme ça sans te torturer à te dire que tu t'es mal conduite et toutes ces foutaises. J'espère que je t'ai donné une meilleure éducation que ça. D'abord, si tu étais une mauvaise fille, tu serais pas assise sur ce lit : y a longtemps que tu serais en prison en train de trafiquer avec les gardiens. »

Elle est revenue sur le lit et s'est assise. Elle semblait se creuser l'esprit pour trouver les mots justes.

« Tish, elle a repris, quand on a été amenés dans ce pays, l'homme blanc, il nous donnait pas des pasteurs pour prononcer des paroles sur nos têtes avant qu'on ait nos bébés. Et Fonny et toi, vous seriez ensemble maintenant, mariés ou pas, si c'était pas à cause de ce même salaud d'homme blanc. Alors, je vais te dire ce que tu dois faire. Tu dois penser à ce bébé. Faut que tu t'accroches à ce bébé, t'occupe pas du reste. Il faut que tu le fasses. Parce que y a personne qui peut le faire à ta place. Et nous, on va tenir bon avec toi. Et on sortira Fonny de prison. Ne t'inquiète pas. Je sais que c'est dur — mais ne t'inquiète pas. Et puis, ce bébé, c'est la meilleure chose qui ait pu arriver à Fonny. Il a besoin de ce bébé. Ça va lui donner une montagne de courage. »

Elle a mis un doigt sous mon menton, une habitude qu'elle a, et m'a regardée dans les yeux en souriant.

« Je me fais bien comprendre, Tish ?

— Oui, maman. Oui.

— Bon. Quand ton papa et Ernestine rentreront, on s'assiéra tous ensemble autour de la table et c'est moi qui annoncerai la nouvelle. Ce sera plus facile de cette façon, tu crois pas ?

— Si. Si. »

Elle s'est levée.

« Enlève tes affaires et étends-toi une minute. Je reviendrai te chercher. »

Elle a ouvert la porte.

« Oui, maman... Maman ?

— Oui ?

— Merci. »

Elle s'est mise à rire. « Tish, ma fille, c'est bien gentil à toi, mais y a vraiment pas de quoi. »

Elle a fermé la porte et je l'ai entendue se rendre dans la cuisine. J'ai enlevé mon manteau et mes chaussures et je me suis allongée. C'était l'heure où l'obscurité commence à tomber, où les bruits de la nuit naissent.

On a sonné. J'ai entendu maman crier : « J'arrive ! » et elle est revenue dans la chambre. Elle m'a tendu un verre avec un peu de whisky.

« Tiens. Bois ça. Ça te fera du bien. »

Puis elle a refermé la porte et ses talons ont claqué le long du corridor qui mène à la porte d'entrée. C'était mon père ; il était de bonne humeur, j'ai entendu son rire.

« Tish est rentrée ?

— Oui. Elle se repose. Elle est plutôt secouée.

— Elle a vu Fonny ?

— Oui. Elle a vu Fonny. Elle a vu l'intérieur de la prison aussi. C'est pour ça que je lui ai dit de s'étendre.

— Et l'avocat ?

— Elle y va lundi. »

J'ai entendu papa ouvrir, puis fermer la porte du réfrigérateur. Il s'est servi une bière.

« Où est Sis ?

— Elle va rentrer. Elle finissait tard ce soir.

— Ça va nous coûter combien, d'après toi, tous ces foutus avocats, quand tout sera fini ?

— Joe, à quoi ça sert de me poser cette question ?

— Bon Dieu. Ils savent y faire, ces salauds.

— Amen. »

Maman s'était servi un jus d'orange avec de la vodka et lui faisait face, de l'autre côté de la table. Elle balançait sa jambe et réfléchissait.

« Comment ça s'est passé aujourd'hui ?

— Très bien. »

Papa travaille sur les quais. Il ne prend plus la mer. *Très bien* signifie qu'il n'a pas eu à engueuler plus de deux ou trois personnes dans la journée ou à menacer quelqu'un de le tuer.

Il y a environ deux ans, Fonny a donné à maman une de ses premières sculptures. Quelque chose en elle me fait penser à papa. Maman l'a mise sur une petite table de la salle de séjour. Elle est en bois noir et pas très haute. Elle représente un homme nu qui porte une main à son front et cache à demi son sexe de l'autre. Les jambes sont longues, très longues, et très écartées ; un des pieds semble fiché au sol, incapable de bouger, et la silhouette entière exprime une sorte de tourment. On s'étonnait d'abord qu'un garçon si jeune ait fait une sculpture aussi étrange, mais en y réfléchissant, on ne la trouvait pas si étrange que ça. Pendant un certain temps, Fonny avait fréquenté un centre d'apprentissage où on enseigne aux gosses à faire toutes sortes d'objets cons, totalement inutiles, comme des tables de bridge, des agenouilloirs et des commodes, des trucs que personne n'achètera jamais : qui va acheter des meubles faits de façon artisanale ? Pas les riches en tout cas. Les gens qui dirigent ces écoles disent que les gosses sont stupides et qu'il faut leur apprendre à travailler de leurs mains. Ces gosses ne sont pas idiots. Mais les gens de ces écoles veulent s'assurer qu'ils ne deviendront pas intelligents : ils leur apprennent à devenir des esclaves. Fonny ne marchait pas dans ce truc-là et il s'est taillé en emmenant presque tout le bois de l'atelier. Ça lui a pris une semaine, les outils un jour, le bois un autre jour ; mais le bois posait un problème, car on ne peut pas le cacher dans une poche ou sous une veste ; finalement, avec un de ses amis, il s'est introduit dans l'école un soir, ils ont déménagé presque tout le bois de l'atelier de menuiserie et ils l'ont chargé dans la voiture du frère du copain. Ils en ont caché une partie dans la cave d'un concierge de leurs amis et Fonny a amené le reste et les outils chez moi. Il y a encore aujourd'hui des morceaux de bois sous mon lit.

Fonny avait trouvé quelque chose qu'il pouvait

faire, qu'il voulait faire et c'est ce qui l'a sauvé de la mort qui attendait tant d'enfants de notre âge. La mort prenait certes des formes diverses ; les gens mouraient tôt et de différentes façons, mais la mort elle-même était simple, tout comme son origine, aussi simple qu'une épidémie : on avait dit aux gosses qu'ils n'étaient que de la merde et tout ce qu'ils voyaient autour d'eux le confirmait. Ils luttaient, luttaient tant qu'ils pouvaient, mais ils finissaient par tomber comme des mouches, ils s'entassaient sur les détritus de leurs vies, comme des mouches. Peut-être me suis-je accrochée à Fonny, peut-être Fonny m'a-t-il sauvée parce qu'il était à peu près le seul garçon que je connaisse qui ne se piquait pas, ne buvait pas, n'attaquait pas les gens et ne faisait pas de hold-up dans les magasins — et ses cheveux n'avaient jamais subi de *conk*[1] ils étaient restés crépus. Il trouva du travail comme cuisinier dans une espèce de restaurant à spécialités de grillades, ce qui lui assura la nourriture ; il découvrit une cave où il pouvait travailler son bois et il était plus souvent chez nous que chez lui.

Chez lui, il y avait sans arrêt des disputes. Mme Hunt ne pouvait pas supporter Fonny, ni sa façon de vivre, et les deux sœurs prenaient le parti de leur mère — surtout parce qu'elles se trouvaient maintenant dans une situation cruelle. Elles avaient été élevées en vue d'un futur mariage, mais personne autour d'elles n'était assez bien.

1. *Conk* : opération de défrisage.

En réalité, c'étaient deux filles de Harlem très ordinaires, même si elles avaient poursuivi leurs études jusqu'à City College. Mais City College ne leur avait rien apporté — rien : les gars avec des diplômes ne voulaient pas d'elles ; ceux qui voulaient que leur femme fût noire les choisissaient noires, ceux qui les voulaient blanches les voulaient vraiment blanches. Elles étaient donc très déçues et rendaient Fonny responsable de leur échec. Entre les prières de la mère, qui ressemblaient plutôt à des malédictions, et les larmes des sœurs, qui tenaient plus de l'orgasme, Fonny n'avait aucune chance. Frank non plus n'était pas de taille à lutter contre ces trois sorcières. Il se mettait en colère et vous pouvez imaginer les cris qui remplissaient cette maison. En plus, Frank s'était mis à boire. On ne pouvait pas le lui reprocher. Lui aussi venait chez nous, sous prétexte de chercher Fonny. En un sens, c'était pire pour lui que pour Fonny. Il avait dû fermer sa boutique de tailleur et travaillait dans le quartier de la confection. Il avait besoin de Fonny maintenant, comme jadis Fonny avait eu besoin de lui. Malheureusement, ni l'un ni l'autre n'avaient d'autre foyer où se réfugier. Frank allait dans les bars, mais Fonny n'aimait pas les bars.

Cette même passion qui sauva Fonny lui attira ses ennuis et le mena en prison. Vous comprenez, il avait trouvé son centre, le pivot de sa propre existence, en lui-même — et ça se voyait. Il n'était le nègre de personne. Et ça, c'est un crime dans cette pourriture de pays libre. Vous êtes censé être le nègre de *quelqu'un*. Et si vous n'êtes le nègre de personne, vous êtes un mauvais nègre : c'est ce que conclurent les flics quand Fonny s'installa hors de Harlem.

Mon échalas de sœur est arrivée. Je l'entends taquiner papa. Elle s'occupe de gosses dans un foyer pour enfants inadaptés — des gosses jusqu'à quatorze ans, de toutes couleurs, garçons et filles. C'est un travail très dur, mais ça lui plaît — si ça lui plaisait pas, je suppose qu'elle pourrait pas le faire. C'est drôle, les gens. Quand elle était petite, Ernestine était d'une coquetterie incroyable. Il fallait tout le temps que maman lui boucle les cheveux, ses robes étaient toujours propres et elle était sans cesse plantée devant le miroir, comme si elle n'arrivait pas à croire qu'elle était aussi belle. Je la détestais. De quatre ans mon aînée, elle ne daignait même pas me remarquer. Nous étions comme chien et chat.

Maman essayait de ne pas prendre nos disputes trop au sérieux. Elle pensait que Sis — c'est moi qui l'appelais ainsi, une façon de lui refuser son nom et aussi, peut-être, d'affirmer mes droits sur elle — avait l'étoffe d'une artiste et ferait une carrière dans le monde du spectacle. Cette perspective ne l'enchantait guère, mais elle ne pouvait pas oublier qu'elle-même, Sharon, avait jadis essayé d'être chanteuse.

Tout à coup, presque du jour au lendemain, tout

changea. Sis grandit, elle grandit et maigrit. Elle se mit à porter des pantalons ; finies, les boucles ; elle commença à lire comme si les livres étaient menacés de disparition. Chaque fois que je revenais de l'école, je la trouvais roulée en boule sur le divan ou allongée sur le parquet, en train de lire. Elle n'ouvrit plus un journal, elle cessa d'aller au cinéma. « Je n'ai rien à foutre de tous les mensonges de l'homme blanc », disait-elle. « Il a déjà assez empoisonné mon esprit avec ses saloperies. » Mais il n'y avait aucune raideur en elle, aucune agressivité, et pendant longtemps, elle ne parla pas des livres qu'elle lisait. Elle devint beaucoup plus gentille avec moi. Son visage changea. Il devint plus osseux, plus secret, et plus beau. Ses yeux en amande s'assombrirent de toutes les tristesses qu'ils commençaient à apercevoir. Elle renonça à poursuivre ses études et travailla dans un hôpital pendant quelques mois. Là, elle fit la connaissance d'une petite fille ; la petite fille se mourait et, à peine âgée de douze ans, elle était déjà une droguée. Et ce n'était pas une Noire. Elle était Portoricaine. C'est alors qu'Ernestine commença à s'occuper d'enfants.

« Où est Jézabel ? »

Elle m'appelait ainsi depuis que je travaillais au rayon de parfumerie d'un grand magasin. Ils trouvaient très audacieux, très « progressiste », de donner cet emploi à une jeune fille de couleur. Je reste debout toute la sainte journée derrière ce comptoir, à sourire jusqu'à m'en décrocher la mâchoire et à faire sentir le dos de ma main à de vieilles dames. Sis prétendait que le soir, je puais comme une pute de Louisiane.

« Elle est rentrée. Elle se repose.

— Qu'est-ce qu'il y a ?

— Elle est fatiguée. Elle est allée voir Fonny.

— Comment va-t-il ?

— Il va.

— Seigneur, j'ai besoin d'un verre. Tu veux que je fasse la cuisine ?

— Non. Je vais m'en occuper dans une minute.

— Elle a vu M. Hayward ? »

Arnold Hayward est l'avocat de Fonny. C'est Sis qui l'a trouvé, par le biais de son foyer d'enfants qui est bien obligé, de temps en temps, d'avoir affaire aux avocats.

« Non. Elle le voit lundi soir, après son travail.

— Tu vas avec elle ?

— Je crois que ça vaut mieux.

— Oui, moi aussi... Papa, arrête d'ingurgiter toute cette bière, tu vas devenir énorme. Je l'appellerai de mon travail avant. Tu veux un peu de gin dans ta bière, mon vieux ?

— Pose la bouteille sur la table, ma chère fille, avant que je me lève.

— Te lever... pourquoi ?

— Pour te donner une raclée. Tu ferais mieux d'écouter plus attentivement Aretha Franklin quand elle chante *Respectez*... Tu sais, Tish pense que ce type va encore nous demander de l'argent.

— Ecoute papa, nous lui avons versé une provision. C'est pour ça que nous autres, on a rien à se mettre sur le dos. Je sais que c'est à nous de payer les frais. Mais il n'est plus censé recevoir d'argent jusqu'au moment du procès de Fonny.

— Il dit que c'est un cas difficile.

— Merde. Pourquoi c'est fait un avocat ?

— Pour faire de l'argent, dit maman.

— Quelqu'un a vu les Hunt, ces jours-ci ?

— Elles veulent rien savoir de cette affaire, tu le sais. Mme Hunt et ses deux camélias de filles se sentent déshonorées et le pauvre Frank n'a pas un sou.

— Bon. Ne parlons pas trop de tout ça devant Tish. Nous nous débrouillerons d'une façon ou d'une autre.

— Merde, il le faudra bien. C'est comme si Fonny faisait partie de la famille.

— Il en *fait* partie », dit maman.

J'ai allumé la lumière dans la chambre de maman pour qu'ils sachent que je me levais. Avant de sortir, je me suis regardée dans la glace et j'ai vaguement tapoté mes cheveux.

« Eh bien, a dit Sis, je ne peux pas dire que la sieste ait des effets foudroyants sur ta beauté, mais j'admire ta persévérance. »

Maman nous a invités à transporter nos derrières ailleurs si nous voulions manger ce soir et nous sommes allés nous installer dans la salle de séjour.

Je me suis assise sur un coussin et je me suis appuyée au genou de mon père. Il était sept heures et la rue se remplissait de bruits. Je me sentais paisible après cette longue journée et mon bébé commençait à devenir très réel. Ce n'est pas qu'il ne l'ait pas été avant, mais maintenant, en un sens, j'étais seule avec lui. Sis avait allumé une seule lampe. Elle a mis un disque de Ray Charles et s'est assise sur le divan.

J'écoutais la musique et les bruits de la rue ; papa avait posé sa main sur ma tête. Tout s'accordait — les bruits de la rue, la voix de Ray et son piano, le contact de la main de mon père, la silhouette de ma sœur sur le divan et les bruits et la lumière qui filtraient de la cuisine. Comme si nous formions un tableau, immobilisé dans le temps : de tout temps, il y avait eu des gens assis dans une pièce à attendre leur dîner en écoutant des blues. Comme si, à partir de tous ces éléments : cette attente patiente, la pression de la main de mon père, les bruits que faisait ma mère dans la cuisine, les jeux de la lumière dans la pièce, le fond sonore de la musique, le mouvement de la tête d'Ernestine quand elle a allumé une cigarette, celui de sa main qui a posé l'allumette dans le cendrier, le murmure des voix humaines qui montaient de la rue, à partir de cette colère et d'un chagrin calme, presque triomphant, mon bébé se formait lentement. Je me demandais s'il aurait les yeux de Fonny. Question qui avait dû être posée, il n'y avait pas si longtemps après tout, au sujet de Joseph, mon père, dont la main reposait sur ma tête. Une pensée m'a frappée soudain, plus importante que tout le reste, quelque chose que je savais déjà, mais n'avais jamais analysé : ce bébé était celui de Fonny et le mien, nous l'avions fait ensemble, il était la fusion de nous deux. Je ne savais pas grand-chose de Fonny et de moi. Comment deviner ce que serait cet être issu de nous deux ? Mais cela m'a fait penser à Fonny et j'ai souri. Mon père caressait mon front. J'ai pensé aux mains de Fonny, à Fonny dans mes bras, à son haleine, son odeur, son poids, cette présence terrible et si belle qui me pénétrait, aux râles qui se nouaient de plus en plus profond dans sa gorge, tels des fils d'or, tandis qu'il pénétrait toujours plus loin en moi comme dans un royaume qui s'étendait juste derrière ses yeux. C'est ainsi qu'il travaillait le bois. C'est ainsi qu'il sculptait la pierre. Si je ne l'avais pas vu travailler, je n'aurais peut-être jamais compris qu'il m'aimait.

C'est miraculeux de comprendre que quelqu'un vous aime.

« Tish ? »

Ernestine me parlait.

« Oui.

— A quelle heure tu vois l'avocat lundi ?

— Après la visite de six heures. Je serai chez lui vers sept heures. Il m'a dit qu'il restait tard à son bureau.

— S'il veut de l'argent, tu lui dis de m'appeler. Tu as compris ?

— Je ne vois pas ce que ça changera. S'il veut encore de l'argent, il veut encore de l'argent.

— Fais comme te dit ta sœur, intervint papa.

— Il ne te parlera pas de la même façon qu'à moi, tu saisis ?

— Oui, j'ai dit finalement, je saisis. » Mais pour des raisons inexplicables, quelque chose dans sa voix m'a remplie de terreur. Je me retrouvais dans le même état d'esprit que le reste de la journée, seule avec mes ennuis. Personne ne pouvait m'aider, même pas Sis. Certes, elle voulait m'aider, je le savais. Mais je sentais peut-être qu'elle aussi avait peur, malgré sa volonté de paraître calme et dure. Je devinais qu'elle en savait long dans ce domaine, à cause des gosses de son foyer. J'aurais voulu lui demander comment les gens là-bas s'y prenaient et s'ils réussissaient.

Quand nous ne sommes que nous, nous mangeons dans la cuisine ; c'est peut-être la pièce la plus importante de la maison, la pièce où se produisent tous les événements de notre vie, où ils naissent, prennent forme et s'achèvent. Ce soir-là, quand le repas a été terminé, maman est allée chercher dans le placard une vieille bouteille — une bouteille qu'elle avait depuis des années — de vieux cognac français. C'est un vestige des années où elle chantait, où elle vivait avec son batteur. Ce soir, c'était la dernière bouteille, elle était encore cachetée. Maman l'a posée sur la table, devant Joseph, et a dit : « Ouvre-la. » Elle a sorti quatre verres et s'est tenue debout près de lui pendant qu'il débouchait la bouteille. Ernestine et Joseph regardaient maman d'un air abasourdi. Moi, je savais ce qu'elle faisait et mon cœur cognait dans ma poitrine.

Papa a ouvert la bouteille et maman a dit : « T'es l'homme de la maison, Joe : verse. »

C'est drôle, les réactions des gens. Juste avant que quelque chose se produise, on sait presque ce que c'est. En fait, on le sait, je crois. Mais on n'a pas eu le temps — et maintenant c'est trop tard — de se le dire. Le visage de mon père changea d'une façon impossible à décrire. Il prit la netteté de la pierre, chaque ligne, chaque angle soudain ciselés ; ses yeux noirs s'assombrirent encore. Il attendait — impuissant — que ce qui était déjà su fût exprimé, devînt réalité, s'incarnât dans des mots.

Sis observait maman de ses yeux calmes, de ses longs yeux en amande, et souriait.

Personne ne me regardait. J'étais présente, pour eux, d'une façon qui n'avait rien à voir avec moi. J'étais présente comme Fonny était présent, comme mon bébé, qui commençait juste à ce moment à sortir d'un long, long sommeil, pour se tourner, pour écouter, pour s'éveiller, quelque part en dessous de mon cœur.

Papa a versé le cognac et maman nous a donné un verre à chacun. Elle a regardé Joseph, puis Ernestine, puis moi. Elle m'a souri.

« Nous célébrons un sacrement, elle a dit. Non, je suis pas devenue folle. Nous buvons à une vie nouvelle. Tish va avoir un bébé de Fonny. » Elle a touché Joseph. « Bois », elle a dit.

Papa a trempé ses lèvres ; il me regardait. Nous sentions tous qu'il fallait qu'il parle le premier. Je le regardais. Je ne savais pas ce qu'il allait dire. Il a posé son verre puis l'a repris. Il essayait de parler ; il voulait parler ; mais il n'y arrivait pas. Et il me regardait comme s'il cherchait quelque chose, quelque chose que mon visage lui révélerait. Un sourire étrange flottait autour de son visage, hésitait encore à s'y poser. Il semblait être parti très loin sur la route du temps. Il a dit : « C'est une sacrée nouvelle. » Puis il a bu un peu de cognac et ajouté : « Alors, Tish, tu veux pas boire à la santé de ton bébé ? » J'ai avalé un peu de cognac et je me suis étranglée. Ernestine m'a tapée dans le dos ; puis elle m'a prise dans ses bras ; les larmes coulaient sur son visage. Elle m'a souri sans rien dire.

« Depuis quand il est en route ? a demandé papa.

— A peu près trois mois, a dit maman.

— Oui. C'est ce que je pensais, a ajouté Ernestine, à mon étonnement.

— Trois mois ! » s'est exclamé mon père : comme si cinq mois ou deux mois eussent été plus logiques et changé quelque chose à la situation.

« Depuis mars », j'ai dit. Fonny avait été arrêté en mars.

« Pendant que vous couriez partout à la recherche d'un appartement pour pouvoir vous marier », a remarqué mon père. Les questions se pressaient sur son visage, questions qu'il aurait pu poser à un fils — un homme noir en est capable, je pense — mais pas à sa fille. A quoi bon s'en irriter ? Les rapports père et fils sont une chose, les rapports père et fille en sont une autre.

Cela ne sert à rien de s'aventurer trop loin dans ce mystère, qui est aussi compliqué que dangereux. Nous n'en savons pas assez sur nous-mêmes. Il vaut mieux savoir qu'on ne sait pas : on grandit ainsi avec le mystère et le mystère grandit en vous. Mais de nos jours, bien sûr, tout le monde sait tout, et c'est pourquoi tant de gens sont paumés, surtout les Blancs.

Mais je me demandais comment Frank accueillerait la nouvelle que son fils, Fonny, allait être père. Alors je me rendis compte que la première pensée de chacun était : *Mais Fonny est en prison !* Voilà ce que penserait Frank : il se dirait si un malheur arrive, mon garçon ne connaîtra jamais son bébé. Et Joseph pensait : si un malheur arrive, le bébé de ma petite fille n'aura pas de père. Oui, voilà la pensée, informulée, qui rendait l'atmosphère de la cuisine si lourde. Il fallait que je dise quelque chose, je le sentais. Mais j'étais trop fatiguée. Je me suis appuyée contre Ernestine. Je n'avais rien à dire.

« T'es sûre que tu veux ce bébé, Tish ? a demandé mon père.

— Oh oui ! j'ai dit. Et Fonny aussi le veut ! C'est *notre bébé*. Tu ne comprends pas ? Ce n'est pas la faute de Fonny s'il est en prison, ce n'est pas comme s'il s'était enfui ou quelque chose de ce genre et... », c'était la seule façon pour moi de répondre à toutes ces questions qu'il ne m'avait pas posées, « nous avons toujours été unis, même quand nous étions petits, tu le sais. Et maintenant nous serions mariés si... si...

— Ton père sait tout ça, a dit maman. Mais il se fait du souci pour toi.

— Va pas t'imaginer que je te considère comme une mauvaise fille ou des bêtises comme ça, a repris mon père. Je te l'ai demandé parce que t'es si jeune et que...

— C'est *moche*, mais nous nous en tirerons », a dit Ernestine.

Elle connaît mieux papa que moi. Peut-être parce que pendant très longtemps elle a cru que notre père m'aimait plus qu'elle. C'est faux, et elle le sait maintenant — on aime des gens différents de façons différentes — mais c'est ainsi qu'elle a dû voir les choses quand nous étions petites. Je donne l'impression de ne pas pouvoir m'en sortir toute seule, elle donne l'impression que rien ne l'arrêtera. Si vous avez l'air vulnérable, les gens ne se comportent pas avec vous de la même manière que si vous avez l'air fort, et comme vous ne voyez pas ce qu'ils voient, vous ne comprenez pas et pouvez en être blessé. C'est peut-être à cause de ça que Sis était toujours plantée devant le miroir quand nous étions gosses. Elle se disait : *Je m'en fiche, moi, je m'aime.* Le résultat, naturellement, c'est qu'elle se donnait un air encore plus assuré, ce qui était l'opposé de ce qu'elle recherchait : mais nous sommes ainsi faits, et c'est pour ça que nous sommes parfois si paumés. Mais elle est loin de tout ça maintenant. Elle sait qui elle est, ou, du moins, qui elle n'est pas ; et, comme elle ne redoute plus un soulèvement de ces forces avec lesquelles elle vit et qu'elle a appris à utiliser et à maîtriser, elle peut affronter calmement n'importe quelle situation ; elle peut donc couper la parole à papa — ce dont je suis incapable. Elle s'est écartée un peu de moi et m'a tendu mon verre. « Redresse la tête, ma sœur », a-t-elle dit en levant le sien. « Bénis soient les enfants », elle a ajouté d'une voix très calme, et elle a vidé son verre.

Maman a dit : « Au nouveau-né », et papa a dit : « J'espère que ce sera un garçon. Ce sacré vieux Frank en crèverait de fierté. » Il m'a regardée. « Tish, tu veux bien que ce soit moi qui le lui annonce ? »

J'ai répondu : « Oui, bien sûr.

— Bon, alors je vais peut-être faire un saut là-bas.

— Tu ferais mieux de téléphoner d'abord, a dit maman. Il n'est pas souvent chez lui, tu sais bien.

— J'aimerais drôlement être celle qui l'annoncera aux deux sœurs », a dit Ernestine.

Maman s'est mise à rire. « Joe, elle a dit, pourquoi ne pas les appeler et leur demander de tous venir ici ? Merde ! c'est samedi soir et c'est pas tard et il y a encore plein de cognac dans la bouteille. Et, à y réfléchir, ça me paraît la meilleure façon de le faire.

— D'accord Tish ? a demandé papa.

— De toute façon, il faut le leur annoncer », j'ai dit.

Papa s'est levé, m'a regardée un instant, puis est allé décrocher le téléphone de la salle de séjour. Il aurait pu se servir de celui de la cuisine, mais il avait sur son visage cette espèce de sourire mauvais qu'il arbore quand il sait qu'il doit faire quelque chose et ne veut pas que vous vous en mêliez.

Nous l'avons écouté former le numéro. C'était le seul bruit audible dans l'appartement. Puis nous avons entendu la sonnerie à l'autre bout du fil. Papa s'est raclé la gorge.

« Madame Hunt... ? Bonsoir, madame Hunt. Ici Joe Rivers. Pourrais-je parler à Frank, s'il est là, s'il vous plaît ? ...Merci, madame Hunt. »

Maman a grogné et fait un clin d'œil à Sis.

« Salut ! Comment ça va ? Ouais, c'est Joe... Très bien, mon vieux, on fait aller. Dis donc... Quoi ? oui, Tish l'a vu cet après-midi, il va bien... Ouais... Justement, mon vieux, nous avons plein de choses à discuter, c'est pour ça que je t'appelle... Non, je peux pas t'en parler au téléphone. Ecoute, mon vieux. Ça nous concerne tous... Oui... Ecoute, rengaine ce couplet. Sautez tous dans la bagnole et arrivez. Maintenant... Oui, c'est ça. *Maintenant*... Quoi ?... Ecoute, vieux, j'ai dit que ça nous concernait *tous*. Y a personne d'habillé non plus ici, elle peut venir avec sa foutue robe de chambre, je m'en fous... Ferme-la, conard, j'essayais d'être gentil... Merde, te vexe pas. Fourre-la dans la bagnole et fonce. C'est *sérieux*... Hé ! apporte un carton de bière, je te le paierai... Ouais... Ecoute : maintenant, raccroche ce putain de téléphone et ramène ton cul, je veux dire *vos* culs, en vitesse. A tout de suite. Salut. »

Il est revenu en souriant dans la cuisine.

« Madame Hunt s'habille », a-t-il dit en se rasseyant. Il m'a regardée. Il a souri à nouveau, un sourire merveilleux. « Viens ici, Tish, il a dit, viens t'asseoir sur les genoux de ton papa. »

Je me sentais comme une princesse, je le jure. Il m'a prise dans ses bras, m'a installée sur ses genoux et m'a embrassée sur le front. Il a ébouriffé mes cheveux, puis les a caressés très tendrement. « Tu es une bonne fille, Clémentine. Je suis fier de toi. Ne t'avise pas de l'oublier.

— Elle risque pas, dit Ernestine. Sinon je lui botterai les fesses.

— Mais elle est *enceinte* ! » s'est écriée maman, et nous avons tous éclaté de rire. Je sentais la poitrine de mon père tressauter entre mes omoplates et ce rire exprimait une joie féroce, un soulagement immense : malgré tout ce qui était suspendu au-dessus de nos têtes, j'étais sa fille : j'avais trouvé quelqu'un à aimer et j'étais aimée et il se trouvait soulagé. Cet enfant dans mon ventre était aussi, après tout, *son* enfant, car il n'y aurait pas eu de Tish s'il n'y avait eu de Joseph. Notre rire dans cette cuisine, c'était notre acceptation spontanée d'un miracle. Ce bébé était *notre* bébé, il était en route, la main ferme de mon père sur mon ventre le soutenait et le réchauffait : malgré tout ce qui était suspendu au-dessus de nos têtes, cet enfant serait protégé. L'amour, qui nous avait permis de le concevoir, nous l'apportait. Où cela nous conduisait, nous l'ignorions : mais maintenant, Joe, mon père, était prêt. Plus que ses filles, cet enfant, d'une façon tragique, était le fruit de ses entrailles. Aucun poignard ne pourrait lui ôter la vie tant que cet enfant ne serait pas né. Il me sembla presque que l'enfant le devinait, cet enfant qui ne bougeait pas encore — je le sentais presque tressauter contre la main de mon père, cogner contre ma poitrine. Une musique s'éleva en moi et puis l'horrible nausée familière du matin m'envahit et je laissai tomber ma tête sur l'épaule de mon père. Il me serra contre lui. Personne ne parla. Puis la nausée se dissipa.

Souriante, Sharon balançait sa jambe et me regardait. Elle a fait un nouveau clin d'œil à Ernestine. Celle-ci s'est levée. « Ne devrions-nous pas nous habiller en l'honneur de madame Hunt ? » elle a demandé. Et le fou rire nous a repris.

« Ecoutez. Faut que nous soyons aimables, dit Joseph.

— Nous le serons, dit Ernestine. Nous serons extrêmement aimables. Tu nous as bien *élevées*. Malheureusement, tu nous as jamais acheté de *vêtements...* » Elle s'est tournée vers maman. « Alors que Mme Hunt et les deux sœurs, elles, c'est une véritable *garde-robe* qu'elles ont ! Inutile d'essayer de rivaliser avec elles. »

Elle s'est rassise, l'air découragé.

« J'avais pas une boutique de tailleur, moi », a dit Joseph, et il m'a souri.

La première fois que nous avons fait l'amour, Fonny et moi, cela s'est passé d'une façon étrange. Etrange parce que nous l'avions tous les deux pressenti. Non, ce n'est pas ça. Nous ne l'avions *pas* pressenti. Brusquement, c'est arrivé : et alors nous avons compris que c'était là depuis toujours. Nous n'avions pas su voir le moment. Mais le moment nous voyait depuis très longtemps... il était là, il nous attendait... il était complètement disponible, le moment, il jouait aux cartes, envoyait des météorites dans l'espace, brisait des colonnes vertébrales, il attendait simplement que les deux écoliers, qui flânaient en rentrant de l'école, arrivent au rendez-vous.

Je m'explique. J'ai versé de l'eau sur la tête de Fonny, j'ai frotté son dos sous la douche, à une époque qui me paraît terriblement lointaine maintenant. Je ne me rappelle pas avoir vu son sexe, je le jure, et pourtant j'ai dû le voir, je le sais. Nous n'avons jamais joué au papa et à la maman ensemble, et pourtant j'ai joué à ce jeu terrifiant avec d'autres garçons et Fonny l'a certainement fait avec d'autres filles et avec des garçons. Je ne me souviens pas que nous ayons eu la moindre curiosité pour nos corps — tout ça à cause de ce rusé moment qui savait que nous nous rapprochions peu à peu. Fonny m'aimait trop, nous avions trop besoin l'un de l'autre. Chacun était une partie de l'autre, la chair de sa chair — ce qui signifie que, chacun considérant l'autre comme soi-même, nous ne pensions jamais à la chair. Il avait des jambes et j'avais des jambes — notre connaissance du corps de l'autre ne s'arrêtait certes pas là, mais c'est tout ce dont nous avions besoin. Elles nous conduisaient en haut et en bas des escaliers, et toujours l'un vers l'autre. Mais ça signifie aussi qu'il n'y avait jamais d'occasion de gêne entre nous. Ma poitrine est restée plate très longtemps. Je commence seulement maintenant à avoir de vrais seins, à cause du bébé, et je n'ai toujours pas de hanches. Fonny avait une telle tendresse pour moi qu'il ne lui venait pas à l'esprit qu'il m'aimait. Mon affection pour lui enlevait toute réalité aux autres garçons. Je ne les voyais pas. Je ne savais pas la signification de tout ça, mais le moment, qui nous guettait depuis longtemps sur le chemin et qui nous attendait, savait, lui.

Un soir, j'avais dix-huit ans et Fonny vingt-et-un, il m'embrassa avant de me quitter et je sentis son sexe bouger contre moi ; il s'écarta. Je dis bonne nuit et montai les escaliers en courant. Cette nuit-là, je ne pus pas dormir : il s'était produit quelque chose. Fonny ne vint pas, je ne le revis pas, de deux ou trois semaines. C'est à cette époque qu'il fit la sculpture en bois qu'il a donnée à maman.

Il la lui a donnée un samedi. Après, nous avons quitté la maison et nous nous sommes promenés. J'étais si contente de le voir, après cette longue absence, que j'avais envie de pleurer. Tout était différent. Je marchais dans des rues que je n'avais jamais vues auparavant. Les visages autour de moi, je ne les avais jamais vus. Nous nous déplacions dans un silence fait d'une musique qui venait de partout. Pour la première fois de ma vie, peut-être, j'étais heureuse et je le savais ; Fonny me tenait par la main. C'était comme ce dimanche matin, il y avait si longtemps, où sa mère nous avait menés à l'église.

Mais il n'y avait pas de raie dans sa chevelure maintenant : elle s'étalait, épaisse, tout autour de sa tête. Il ne portait pas de costume bleu, il ne portait d'ailleurs pas de costume du tout. Il avait une vieille canadienne noire et rouge et un pantalon en velours côtelé gris. Ses grosses chaussures étaient élimés. Et son corps sentait la fatigue.

C'était l'être le plus beau que je connaisse.

Il avançait lentement, en faisant glisser ses longues jambes un peu arquées. Nous avons descendu les escaliers du métro en nous tenant par la main. Le train, quand il est arrivé, était bondé, et Fonny a passé un bras autour de moi pour me protéger. J'ai levé soudain les yeux vers son visage. Ce que j'ai vu, personne ne peut le décrire, je me demande pourquoi j'essaie. Son visage était plus grand que le monde, ses yeux étaient plus profonds que le soleil, plus vastes que le désert ; tout ce qui était arrivé depuis le commencement des temps naissait sur son visage. Il a souri. J'ai vu ses dents : j'ai retrouvé l'emplacement de la dent manquante le jour où il m'avait craché sur la bouche. Le train nous a secoués, Fonny a resserré son étreinte et un drôle de soupir a gonflé sa poitrine.

C'est stupéfiant de découvrir soudain qu'un inconnu a un corps — cette connaissance fait précisément de lui un inconnu. Cela signifie que vous aussi avez un corps. Vous êtes destiné à passer toute votre vie avec lui et c'est lui qui en déchiffrera le sens.

Je fus tout aussi stupéfaite de me rendre compte que j'étais vierge. Vraiment vierge. Je me demandai pourquoi. La raison en était que, depuis toujours, sans y penser, je savais que je passerais ma vie avec Fonny. L'idée ne m'avait jamais effleurée qu'elle pourrait suivre un autre chemin. C'est-à-dire que je n'étais pas seulement vierge : j'étais encore une enfant.

Nous sommes descendus du train à Sheridan

Square, dans le Village. Nous avons remonté la 4e Rue Ouest. C'était samedi et les rues étaient pleines de monde, pleines à éclater.

La plupart des gens étaient jeunes, je veux dire qu'ils ne pouvaient pas être âgés, c'était évident, mais, à mes yeux, ils n'avaient pas l'air jeunes. Ils me faisaient peur, je n'aurais pas su dire pourquoi. Je pensais qu'ils en savaient infiniment plus que moi. Et c'était vrai. Mais, d'une certaine façon, que je commence seulement à comprendre maintenant, ça ne l'était pas. Ils avaient toutes les caractéristiques : la démarche, la voix, le rire, les vêtements négligés — des vêtements qui étaient l'imitation d'une pauvreté aussi inimaginable pour eux que la leur l'était pour moi. Il y avait beaucoup de Blancs et de Noirs ensemble : difficile de dire où était l'imitation. Ils se sentaient si libérés qu'ils ne croyaient en rien ; ils ne se rendaient pas compte que cette illusion était leur seule vérité et qu'ils faisaient exactement ce qu'on attendait d'eux.

Fonny s'est penché vers moi. Il était un peu plus de six heures.

« Ça va ?

— Oui. Et toi ?

— Tu veux manger ici ou tu veux attendre qu'on retourne ? Tu veux aller au cinéma ou bien tu as envie d'un verre de vin, d'une bière ou d'une tasse de café ? Ou est-ce que tu préfères marcher encore un peu avant de te décider ? Il avait un sourire rayonnant de tendresse et donnait de petites secousses à ma main tout en la balançant.

J'étais très heureuse et en même temps mal à

l'aise. C'était la première fois que je me sentais gênée avec lui.

« Allons jusqu'au parc. » Je souhaitais rester dehors encore un peu.

« O.K. » Il continuait de sourire, comme s'il venait de lui arriver une chose extraordinaire qu'il était seul à connaître. Mais qu'il dirait bientôt à quelqu'un. Et ce serait moi.

Nous avons traversé la 6e Avenue noire de monde — des gens de toute sorte en quête de samedi soir. Mais personne ne nous regardait parce que nous étions ensemble et que nous étions tous les deux noirs. Plus tard, quand j'ai dû parcourir seule ces rues, ce n'était plus pareil, les gens étaient différents et moi je n'étais plus une enfant.

« Allons par là », a dit Fonny, et nous avons descendu la 6e Avenue en direction de Bleecker Street. Arrivés dans Bleecker Street, Fonny a regardé un moment aux fenêtres du café San Remo. Il ne connaissait personne parmi les clients et l'endroit avait un air fatigué et découragé, comme quelqu'un qui s'apprête à se raser et s'habiller pour aller à une soirée sinistre. Sous la lumière grisâtre, les gens ressemblaient à des vétérans de guerre indescriptibles. Nous avons continué notre promenade. Il y avait toujours beaucoup de monde dans les rues, des jeunes, Blancs et Noirs, et des filles. Fonny a redressé la tête, sa main a serré la mienne plus fort. Tout un groupe de gosses s'entassait sur le trottoir devant un café bondé. Un juke-box jouait la chanson d'Aretha *That's Life*. C'était étrange.

Tout le monde était dans la rue, marchait, parlait, comme les gens le font partout, et pourtant personne n'avait l'air amical. Il y avait quelque chose de dur et d'effrayant dans l'air : à la façon dont une chose qui paraît réelle, mais ne l'est pas, peut vous faire hurler de terreur. C'étaient les mêmes tableaux qu'à Harlem, avec les hommes et les femmes plus âgés assis sur les perrons, les petits enfants qui couraient tout autour des immeubles, les autos qui avançaient lentement au milieu de ce tourbillon, la voiture de police garée au coin de la rue avec deux flics dedans et d'autres flics qui arpentaient le trottoir d'un air plein de morgue. C'étaient les mêmes tableaux, en un sens, mais il y manquait quelque chose, ou il y avait quelque chose en plus, je ne sais pas — et c'était un spectacle qui m'effrayait. Il fallait avancer prudemment ici, car les gens étaient aveugles. Nous étions bousculés. Fonny a entouré mes épaules de son bras. Nous avons dépassé Minetta Tavern, traversé Minetta Lane, dépassé le kiosque à journaux au carrefour suivant et gagné le parc qui semblait se blottir à l'ombre d'imposants bâtiments neufs de l'Université de New York et des nouveaux immeubles résidentiels à l'est et au nord.

Nous avons croisé les hommes qui, depuis des générations, jouent aux échecs à la lumière des réverbères, les gens qui promenaient leur chien et des garçons aux cheveux brillants et au pantalon moulant qui jetaient un regard rapide sur Fonny et résigné sur moi. Nous nous sommes assis sur le rebord en pierre de la fontaine. Il y avait beaucoup de gens autour de nous, mais je sentais toujours cette absence de chaleur humaine.

« J'ai déjà dormi dans ce parc, a dit Fonny. Ce n'est pas une bonne idée. » Il a allumé une cigarette. « Tu en veux une ?

— Pas maintenant. » J'avais souhaité rester dehors encore un peu. Mais maintenant, je voulais entrer quelque part, loin de ces gens, quitter ce parc. « Pourquoi as-tu dormi dans ce parc ?

— C'était tard. Je voulais pas réveiller mes parents. Et j'avais pas de fric. »

— Tu aurais pu venir chez nous.

— Je voulais pas vous réveiller non plus. » Il a remis ses cigarettes dans sa poche. « Mais je me suis trouvé une piaule par ici. Je te la montrerai plus tard, si tu veux. » Il m'a regardée. « Tu as l'air gelée et fatiguée, on va manger un morceau, O.K. ?

— O.K. T'as de l'argent ?

— Ouais, je me suis fait un peu de fric, baby. Viens. »

Nous avons beaucoup marché ce soir-là parce que Fonny m'emmena vers l'ouest, à travers Greenwich, après la maison de détention pour femmes, jusqu'à un petit restaurant espagnol où il connaissait tous les serveurs. Ils étaient différents des gens dans la rue, leurs sourires étaient différents, je me sentis *accueillie.* C'était samedi, mais relativement tôt, et on nous installa à une petite table au fond — pas comme s'ils voulaient pas que les gens nous voient, mais comme s'ils étaient contents de nous voir et souhaitaient nous garder le plus longtemps possible.

Le restaurant était pour moi une chose peu familière, mais Fonny avait l'habitude ; en plus, il parlait un peu espagnol et je devinai que les serveurs le taquinaient à mon sujet. Alors, comme il me présentait à notre serveur, Pedrocito — ce qui signifiait qu'il était le plus jeune — je me rappelai que, dans le quartier, on nous appelait Roméo et Juliette et que les gens nous taquinaient toujours. Mais pas de la même façon que maintenant.

Certains jours, quand je ne travaillais pas l'après-midi et pouvais aller à la prison à midi, avant d'y retourner à six heures, je me rendais à pied de Centre Street à Greenwich ; je m'asseyais à la petite table du fond et ils me nourrissaient, s'assurant discrètement que j'avalais la nourriture ; plus d'une fois, Luisito, qui venait d'arriver d'Espagne et parlait à peine anglais, enleva l'omelette qu'il avait préparée et à laquelle je n'avais pas touché et m'en apporta une autre toute chaude, en disant : « *Señorita... ? Por favor. Le muchacho* et lui ont besoin de votre force. Il ne nous le pardonnera pas, si nous ne vous faisons pas manger. Nous sommes ses amis. Il a confiance en nous. Vous devez aussi nous faire confiance. » Il me versait un peu de vin rouge. « C'est bon pour vous, le vin. *Len-te-ment.* » Je trempais mes lèvres. Il souriait, mais ne s'éloignait pas tant que je n'avais pas commencé à manger. « Ce sera un garçon », disait-il en souriant. Ils m'ont aidée à franchir plus d'une horrible journée. C'étaient les gens les plus gentils que j'ai jamais rencontrés dans tout New York ; ils avaient du cœur. Au moment le plus noir, quand j'étais si lourde que je pouvais à peine me déplacer, que Joseph, Frank et Sharon travaillaient dur et qu'Ernestine se battait pour Fonny, ils s'arrangeaient pour avoir des courses à faire du côté de la prison et, comme si c'était la chose la plus naturelle — et ça l'était pour eux — me raccompagnaient pour la visite du soir. Je ne les oublierai jamais, jamais : ils le savent.

Mais ce samedi soir, nous ne savions pas ; Fonny ne savait pas et nous étions tous très heureux. J'ai bu un margherita, ce qui, nous le savions tous, est interdit par cette saloperie de *loi*, et Fonny a pris un whisky, parce que, à vingt et un ans, on peut légalement boire ce qu'on veut. Il a de grandes mains. Il les a placées dans les miennes. « Je veux te montrer quelque chose tout à l'heure. » Nos mains tremblaient. J'ai dit : « O.K. » Il avait commandé de la paella ; quand elle est arrivée, nous avons disjoint nos mains et Fonny m'a servie cérémonieusement. « La prochaine fois, ce sera ton tour », a-t-il dit, et nous avons ri, puis nous avons commencé à manger. Nous avons bu du vin. Et il y avait des bougies. D'autres personnes sont entrées et nous ont jeté un regard bizarre, mais Fonny a dit : « Nous connaissons les mecs qui tiennent cette boîte », et nous avons de nouveau ri. Nous nous sentions en sécurité.

Je n'avais jamais vu Fonny en dehors de mon monde habituel. Je l'avais vu avec son père, sa mère et ses sœurs ; je l'avais vu chez nous. Mais je ne suis pas sûre, maintenant que j'y pense, de l'avoir jamais réellement vu avec *moi :* pas avant le moment où nous avons quitté le restaurant, avec tous les serveurs qui riaient et plaisantaient avec lui, en anglais et en espagnol ; le visage de Fonny s'était épanoui d'une façon nouvelle pour moi et son rire montait de ses couilles — oui, leur rire venait de leurs couilles. Je ne l'avais jamais vu dans son monde à lui. Et c'est peut-être seulement alors que je l'ai vu avec moi, car il s'était détourné de moi et riait, mais il me tenait par la main. Il était un étranger pour moi, mais nous étions unis. Je ne l'avais jamais vu avec d'autres hommes. Je n'avais jamais vu l'amour et le respect que les hommes peuvent avoir les uns pour les autres.

J'ai eu le temps d'y réfléchir depuis. La première fois qu'une femme voit ça — même si, ce soir-là, je n'étais pas encore une femme — elle le voit seulement parce qu'elle aime cet homme ; sinon, elle ne le pourrait pas. Et dans cette époque et ce pays pourris, beaucoup de femmes, presque toutes peut-être, sentent une menace dans cette chaleur et cet entrain. Elles se sentent exclues. La vérité, c'est qu'elles se trouvent devant un langage qui leur reste indéchiffrable, et donc interdit, et que, loin d'être exclues, elles sont à jamais prisonnières. Seul un homme peut lire sur le visage d'une femme la jeune fille qu'elle a été. C'est un secret qui ne sera révélé qu'à un seul homme, et s'il le demande vraiment. Les hommes, eux, n'ont pas de secrets, sauf pour les femmes, et ils ne grandissent pas de la même façon qu'elles. Il est beaucoup plus difficile, et plus long, pour un homme de grandir et, s'il n'y avait pas les femmes, il n'y arriverait jamais. C'est là un mystère qui peut terrifier et paralyser une femme

— et là se trouve la clef de la plus profonde détresse. Elle doit veiller et guider, mais l'homme doit conduire, et il semblera toujours accorder beaucoup plus de son attention à ses camarades qu'à elle.

Pourtant, cette franchise bruyante des hommes entre eux leur permet d'affronter le silence et le mystère des femmes, ce silence et ce mystère qui contiennent et révèlent la vérité d'un homme. La racine du ressentiment qu'éprouvent les femmes — ressentiment qui dissimule une terreur sans bornes — se trouve, je suppose, dans le fait que la femme est terriblement dépendante de ce que l'imagination de l'homme fait d'elle — littéralement, heure après heure, jour après jour. C'est ainsi qu'elle devient une femme. L'homme, lui, existe dans sa propre imagination et ne se trouve donc jamais à la merci de celle de la femme. De toute façon, dans notre époque et notre pays pourris, tout cela devient ridicule quand on s'aperçoit que les femmes sont censées avoir plus d'imagination que les hommes. Nous avons là une idée conçue par le cerveau des hommes et elle se révèle exactement le contraire de la réalité. La vérité, c'est que, confrontée avec la réalité des hommes, une femme a bien peu de temps, et d'occasions, d'exercer son imagination. Et vous risquez vraiment d'être démoli, dans ce pays, quand vous vous apercevez qu'un homme qui n'a pas peur de faire confiance à son imagination (qui est la seule chose en quoi les hommes ont jamais fait confiance) passe pour efféminé. Ça en dit long sur ce pays, car si, bien sûr, votre seul but est de faire de l'argent, la dernière chose dont vous avez besoin est bien de l'imagination. Ou de femmes, d'ailleurs. Ou d'hommes.

« Je vous souhaite une très bonne nuit, Señorita ! » m'a crié le patriarche des lieux, et Fonny et moi avons repris notre promenade dans les rues.

« Viens voir ma piaule, a-t-il dit, c'est pas loin. »

Il devait être entre dix heures et onze heures.

« O.K. »

Je ne connaissais pas encore le Village, à cette époque-là ; tout me surprenait. La rue que nous suivions était bien plus calme et plus sombre que la 6e Avenue. Le fleuve était tout proche et nous étions les seuls passants. J'aurais eu peur de me trouver seule dans cette rue.

Je pensais vaguement qu'il me fallait téléphoner chez moi. Au moment d'en parler à Fonny, je renonçai.

La pièce qu'il louait se trouvait dans un sous-sol dans Bank Street. Nous nous sommes arrêtés devant une grille basse aux barreaux noirs. Fonny a poussé une porte calmement. Nous avons descendu quatre marches, puis tourné à gauche. Il y avait une porte et deux fenêtres. Fonny a introduit sa clé dans la serrure et la porte s'est ouverte vers l'intérieur. Fonny m'a fait entrer, a refermé la porte derrière nous et nous nous sommes retrouvés dans un petit couloir étroit et sombre. Il a ouvert une autre porte et allumé la lumière.

C'était une petite pièce, basse de plafond, avec les deux fenêtres qui faisaient face à la grille. Il y avait une cheminée. Il y avait aussi une minuscule cuisine et une salle de bains, avec une douche, mais pas de baignoire. Dans la pièce se trouvaient un tabouret de bois, quelques coussins, une grande table de bois et une plus petite. Sur la petite table, il y avait des boîtes de bière vides, et sur la grande, des outils. La pièce sentait le bois ; il y en avait partout. Dans un coin, un matelas posé à même le sol était recouvert d'un châle mexicain. Sur le mur, des croquis au crayon faits par Fonny et une photo de Frank. Nous allions passer de longs moments dans cette pièce : notre vie.

Quand on a sonné, Ernestine est allée ouvrir et Mme Hunt est entrée la première. Elle portait un truc qui semblait très élégant au premier coup d'œil. C'était marron, luisant, on aurait dit du satin ; avec une bordure en dentelle à l'ourlet et aussi, je crois, aux coudes et à la taille ; elle arborait un chapeau aux bords relevés, comme un seau à charbon renversé, qui lui durcissait le visage.

Elle était perchée sur de hauts talons. Sa silhouette commençait à s'épaissir, à son grand désespoir. Elle avait peur : malgré tout le pouvoir du Saint-Esprit. Elle s'est avancée en souriant — elle ne savait pas très bien à qui ou à quoi — ballottée, si je puis dire, entre le regard sévère du Saint-Esprit et le souvenir inquiet de son image dans le miroir. Quelque chose dans sa façon de marcher et de tendre la main, dans son sourire, un sourire qui mendiait la pitié et la refusait aux autres, la rendit extraordinaire à mes yeux. C'était une femme que je voyais pour la première fois. Fonny était sorti de son ventre. Elle l'avait porté.

Derrière elle venaient les sœurs — et c'était une autre affaire. Ernestine, toute amabilité et entrain à la porte (« Pas moyen de vous voir si on convoque pas une conférence au sommet ! Allons, ce n'est pas sérieux. Entrez, entrez ! »), avait poussé Mme Hunt dans l'orbite de Sharon, et Sharon, gracieusement, la passa à Joseph qui me tenait par la taille. Quelque chose dans le sourire de mon père, dans sa façon de me tenir, sembla effrayer Mme Hunt. Mais je commençai à comprendre que c'était une femme qui avait toujours eu peur.

Les sœurs : je ne les avais jamais considérées comme les sœurs de Fonny. Non, ce n'est pas exact. Si elles n'avaient pas été les sœurs de Fonny, je ne les aurais jamais remarquées. Mais, parce qu'elles étaient ses sœurs et que je savais qu'elles ne l'aimaient pas vraiment, je les détestais. *Elles* ne me détestaient pas. Elles ne détestaient personne, d'ailleurs, c'était bien là le drame. Leur sourire, quand elles sont entrées, s'adressait à une cohorte invisible de soupirants. Toutes les deux, Adrienne, l'aînée, qui avait vingt-sept ans, et Sheila, de trois ans plus jeune, se sont montrées d'une gentillesse extrême avec ma misérable petite personne, comme les missionnaires leur avaient dit de le faire. Mais elles ne voyaient que la grande main noire de mon père qui les tenait par la taille — même si, en réalité, c'était *moi* que mon père tenait enlacée. Elles ne savaient pas si elles en réprouvaient la couleur, la position ou la forme, mais elles étaient certainement choquées par la force qui en émanait. Adrienne était trop vieille pour les vêtements qu'elle portait et Sheila trop jeune. Derrière elles venait Frank ; mon père a un peu relâché son étreinte. Nous sommes tous entrés bruyamment dans la salle de séjour.

M. Hunt paraissait très fatigué, mais il souriait. Il s'est assis sur le divan, à côté d'Adrienne, et il m'a dit : « Alors, tu as vu mon grand gaillard de fils aujourd'hui ?

— Oui. Il va bien. Il vous embrasse.

— Ils lui en font pas trop baver ?... Je te demande ça parce que à toi, il dit peut-être des choses qu'il voudrait pas me dire à moi.

— Secrets d'amoureux », a dit Adrienne en croisant les jambes.

Je ne voyais aucune raison de m'occuper d'Adrienne, du moins pas encore ; et M. Hunt non plus, qui continuait à me regarder.

J'ai dit : « Il déteste la prison, ça se voit. Et c'est normal. Mais il est très courageux. Il lit beaucoup et il étudie. » J'ai regardé Adrienne. « Il tiendra le coup. Mais il faut que nous le sortions de là. »

Frank s'apprêtait à parler quand Sheila a dit sèchement : « S'il avait lu et étudié quand il aurait dû, il ne serait pas là-bas. »

J'allais répliquer quand Joseph est intervenu : « Tu as apporté la bière ? J'ai du gin, du whisky et nous avons aussi un peu de cognac. » Il a souri. « Mais je n'ai pas de Thunderbird [1]. » Il s'est tourné

1. Vin bon marché.

vers Mme Hunt : « J'espère que ça ne dérange pas ces dames. »

Mme Hunt a souri. « Nous déranger ? Frank se moque bien de ça. Il a toujours fait ce qui lui plaisait à lui. Il pense jamais aux autres.

— Mme Hunt, a demandé Sharon, qu'est-ce que je peux vous offrir, mon chou ? Je peux vous faire du thé, du café — nous avons aussi de la glace et du Coca-Cola.

— ...et du Seven-Up [1], a ajouté Ernestine. Je peux vous faire un *ice-cream soda*. Tu viens m'aider, Sheila ? Reste assise, maman. Nous nous en occupons. »

Elle a entraîné Sheila dans la cuisine.

Maman s'est assise à côté de Mme Hunt.

« Seigneur, a-t-elle dit, comme le temps passe. On s'est pratiquement pas vues depuis que ces ennuis ont commencé.

— A *qui* vous le dites ? Je passe mon temps à courir par tout le Bronx, à m'en rendre *malade*, pour essayer d'obtenir les *meilleurs* conseils juridiques que je peux trouver — des gens pour qui je travaillais avant. Il y en a un qui est *conseiller* municipal et il connaît *absolument* tout le monde et il peut *tirer* quelques ficelles — les gens sont *obligés* de l'écouter, vous comprenez. Mais ça me prend *tout* mon temps et le médecin m'a dit que je dois être *prudente*, il dit que je fatigue trop mon cœur. Il m'a dit : “ Madame Hunt, n'oubliez pas, votre garçon a beau vouloir sa liberté il veut aussi garder

1. Limonade et citron vert.

sa mère. " Mais, comme qui dirait, ça me soucie pas. Je suis pas inquiète pour *moi*. Le *Seigneur* me soutient. Je prie tout le temps pour que le Seigneur conduise mon garçon à la lumière. C'est pour ça que je prie jour et nuit. Et quelquefois, je me dis que c'est peut-être la voie qu'a choisie le Seigneur pour amener mon garçon à penser à ses péchés et à remettre son âme à Jésus...

— Vous avez peut-être raison. Pour sûr que les voies du Seigneur sont mystérieuses, a dit Sharon.

— Oh oui ! a repris Mme Hunt. Parce qu'Il *peut* vous mettre à l'épreuve, vous savez. Mais Il n'a jamais abandonné un seul de Ses enfants.

— Que pensez-vous, a demandé Sharon, de monsieur Hayward, l'avocat qu'a trouvé Ernestine ?

— Je l'ai pas encore vu. J'ai tout simplement pas eu le temps de me rendre là-bas. Mais je sais que Frank l'a vu...

— Qu'en pensez-vous, Frank ? » a demandé Sharon.

Frank a haussé les épaules. « C'est un garçon blanc qui est allé à l'Université et qui a décroché des diplômes. Bon, vous comprenez. J'ai pas besoin de vous dire ce que ça signifie : de la merde.

— Frank, tu parles à une femme, a dit Mme Hunt.

— Je le vois bien et ça me change agréablement. Comme je disais, tout ça c'est de la merde et je suis pas sûr qu'on va le garder. D'autre part, pour un garçon blanc, il est pas trop moche. Il est pas encore le tas de merde qu'il sera peut-être plus tard, quand il aura plus faim et que son ventre sera plein. » Il s'est tourné vers Joseph. « Mon vieux, tu sais que je suis malade à l'idée que la vie de mon garçon est entre les mains de ces enculés des Blancs, ces ordures sans couilles. Je préférerais être brûlé vif, je le jure. C'est mon seul fils, mon vieux, *mon seul fils.* Mais nous sommes tous entre les mains de l'homme blanc et je connais quelques Noirs en qui j'aurais pas plus confiance.

— Mais je passe mon temps à te dire, a crié Mme Hunt, je me tue à te *répéter* que c'est cette attitude négative qui est si dangereuse ! Tu es plein de *haine !* Si tu as de la haine pour les gens, ils te la rendront ! Chaque fois que je t'entends parler ainsi, mon cœur se brise et je tremble pour mon fils, assis dans ce donjon dont seul l'amour de Dieu peut le sortir... Frank, si tu aimes ton fils, renonce à cette haine. Elle retombera sur la tête de ton fils et elle le tuera.

— Frank ne parle pas haineusement, madame Hunt, a remarqué Sharon. Il dit juste la vérité sur la vie dans ce pays et c'est naturel qu'il soit bouleversé.

— J'ai confiance en Dieu, a dit Mme Hunt. Je sais qu'Il prend soin de moi.

— Je me demande, a dit Frank, comment Dieu pense qu'un homme doit agir quand son fils est dans la peine. *Ton* Dieu a crucifié *Son* fils et il était probablement bien content d'être débarrassé de lui, mais moi, je suis pas comme ça. Pas question que j'aille dans la rue embrasser le premier flic blanc que je vois. Mais je serai un mec *plein* d'amour le jour où mon fils sortira de cet enfer, libre. Je serai plein *d'amour* quand je tiendrai la tête de mon fils entre mes mains et que je le regarderai dans les yeux. Oh oui ! Je déborderai d'amour, ce jour-là ! » Il s'est levé du divan et s'est approché de sa femme. « Et si ça se passe pas comme ça, tu peux être sûre que je ferai sauter quelques têtes. Et si tu me parles encore une fois de ce Jésus avec qui tu couches depuis toutes ces années, c'est la tienne que je ferai sauter en premier. Parce que, tout ce temps, tu te faisais enfiler par ce bâtard de Juif blanc au lieu d'être auprès de ton fils. »

Mme Hunt a couvert son visage de ses mains et Frank est revenu lentement à sa place.

Adrienne l'a regardé, elle a ouvert la bouche pour parler, mais a renoncé. J'étais assise sur un coussin, près de mon père. Elle s'est tournée vers lui : « Monsieur Rivers, quelle est la raison exacte de cette réunion ? Vous ne nous avez pas demandé de venir uniquement pour voir mon père insulter ma mère ?

— Pourquoi pas ? ai-je dit. C'est samedi soir. On peut jamais savoir ce que les gens sont capables de faire quand ils s'ennuient. Peut-être que nous vous avons invités pour apporter un peu d'animation.

— Je crois volontiers que tu es assez *vicieuse* pour ça. Mais je ne peux pas croire que tu es aussi stupide.

— Je ne t'ai pas vue *deux* fois depuis que ton frère est en prison, j'ai dit, et je t'ai *jamais* vue là-bas. Fonny m'a dit que tu y es allée un jour et que tu étais pressée. Et je parie que tu en as pas dit un mot dans ton bureau. T'as rien dit non plus à tous ces petits cons en col blanc, ces embusqués du programme de lutte contre la pauvreté, ces maquereaux, ces pédés avec qui tu te frottes. Et, maintenant, tu es assise sur ce divan, tu te crois plus belle qu'Elizabeth Taylor, et tu es furieuse parce que t'as un mec mal blanchi qui t'attend quelque part et faut que tu viennes perdre du temps à parler de ton frère. »

Mme Hunt me fixait d'un regard haineux. Un sourire amer jouait sur les lèvres de Frank ; il a baissé les yeux. Adrienne me contemplait de très loin, tout en ajoutant mentalement une nouvelle croix noire après le nom de son frère ; finalement, comme je l'avais prévu, elle a allumé une cigarette. Tout en soufflant délicatement la fumée, elle semblait se jurer que jamais plus, sous *aucun* prétexte, elle accepterait de se trouver avec des gens si terriblement inférieurs à elle.

Sheila et Ernestine sont revenues, Sheila l'air plutôt effrayée et Ernestine contente d'elle. Elle a offert une coupe de glace à Mme Hunt, a posé un Coca-Cola près d'Adrienne, a donné à Joseph une bière, à Frank un Seven-Up avec du gin, un Coca-Cola à Sheila, un Seven-Up avec du gin aussi à Sharon, elle m'a tendu un cognac et a pris elle-même un whisky. « A la santé de tous », a-t-elle crié gaiement, et tout le monde s'est assis.

Alors, il y a eu un drôle de silence ; tout le monde me regardait. Je sentais sur moi les yeux de Mme Hunt, plus féroces et plus terrifiés que jamais. Elle se penchait en avant, la main serrée sur la cuiller qu'elle avait enfoncée dans sa glace. Sheila paraissait effrayée. Les lèvres d'Adrienne se retroussaient en un sourire méprisant ; elle s'est redressée pour parler, mais son père a levé une main menaçante et méchante pour la faire taire. Elle s'est rejetée en arrière. Frank s'est penché vers moi.

Après tout, ma nouvelle était pour lui. Alors je l'ai regardé et j'ai dit : « C'est moi qui ai convoqué cette réunion au sommet. J'ai demandé à papa de vous faire venir tous ce soir pour vous annoncer ce que j'ai appris à Fonny cet après-midi. Fonny va être papa. Nous allons avoir un bébé. »

Les yeux de Frank ont quitté les miens, ont cherché ceux de mon père. Les deux hommes, alors, sans bouger, dans une immobilité totale, nous ont quittées, ils se sont éloignés ensemble et ils ont fait un étrange voyage. Pendant ce voyage, le visage de Frank était impressionnant à voir. Il soulevait des pierres et les reposait ; tendus hors de leurs limites, ses yeux contemplaient des horizons qu'il n'avait jamais soupçonnés. Quand il est revenu, toujours en compagnie de mon père, son visage était très paisible.

« Toi et moi, on va aller se soûler », a-t-il dit à Joseph. Puis il a souri — il ressemblait à Fonny — et il a ajouté : « Je suis content, Tish. Je suis bigrement content.

— Et qui, a demandé Mme Hunt, va se charger de ce bébé ?

— Le père et la mère », j'ai répondu.

Mme Hunt m'a dévisagée.

« Tu peux être sûre que ce sera pas le Saint-Esprit », a dit Frank.

Mme Hunt l'a regardé, puis elle s'est levée et s'est dirigée vers moi ; lentement, comme si elle retenait sa respiration. Je me suis levée et je me suis avancée au centre de la pièce en retenant la mienne.

« Je suppose que tu donnes le nom d'amour à ton comportement luxurieux, a-t-elle dit. Moi pas. J'ai toujours su que tu serais la destruction de mon fils. Tu as un démon en toi — je l'ai toujours su. Mon Dieu m'a permis de le comprendre il y a bien longtemps. Le Saint-Esprit fera dessécher cet enfant dans tes entrailles. Mais mon fils sera pardonné. *Mes* prières le sauveront. »

Elle était à la fois ridicule et majestueuse. Elle témoignait. Alors Frank s'est mis à rire, il s'est approché d'elle et, du revers de la main, l'a renversée. Oui. Elle s'est retrouvée sur le parquet, son chapeau repoussé en arrière de sa tête, sa robe relevée au-dessus de ses genoux. Frank est resté un moment à la contempler. Ni l'un ni l'autre n'a dit un mot.

« Son cœur ! » a murmuré Sharon, et Frank s'est remis à rire.

« Ecoutez-le, vous verrez qu'il continue à battre. Mais j'appelle pas ça un cœur. » Il s'est tourné vers mon père. « Joe, laissons les femmes s'occuper d'elle ; viens. » Et, comme mon père hésitait, il a redit : « Viens, Joe, je t'en supplie.

— Va avec lui », a dit Sharon.

Sheila s'est agenouillée près de sa mère. Adrienne

a écrasé sa cigarette dans le cendrier et s'est levée. Ernestine est revenue de la salle de bains avec de l'alcool et s'est agenouillée à côté de Sheila. Elle a versé un peu d'alcool sur du coton et a frictionné les tempes et le front de Mme Hunt, elle lui a délicatement enlevé son chapeau et l'a tendu à Sheila.

« Va, Joe, a redit Sharon. Nous n'avons pas besoin de vous ici. »

Les deux hommes sont sortis ; la porte s'est refermée sur eux et il n'y a plus eu dans la pièce que ces six femmes contraintes de se supporter, ne serait-ce que pendant un court moment. Mme Hunt s'est relevée lentement et s'est assise sur une chaise. Avant qu'elle ait pu commencer à parler, j'ai dit : « C'est une chose terrible que vous m'avez dite tout à l'heure. C'est la phrase la plus terrible que j'ai jamais entendue.

— Mon père n'avait pas besoin de la frapper, a dit Adrienne. Son cœur est vraiment fragile.

— C'est sa tête qui est fragile », a répondu Sharon. Puis, à Mme Hunt : « Le Saint-Esprit vous a ramolli le cerveau. Avez-vous oublié que c'était le petit-fils de Frank que vous maudissiez ? Et le *mien* aussi. Je connais des hommes et des femmes qui, pour ça, auraient arraché ce faible cœur de votre poitrine et auraient accepté gaiement d'aller en enfer ensuite. Vous voulez du thé, ou quelque chose d'autre ? Vous auriez plutôt besoin d'un cognac, mais je suppose que vous êtes trop sanctifiée.

— J'estime que vous n'avez pas le droit de vous moquer de la foi de ma mère, a dit Sheila.

— Merde, arrête ton numéro, a dit Ernestine. T'as tellement honte d'avoir une Hystérique de la Foi pour mère que tu sais pas quoi faire. Tu ricanes pas. Tu dis que ça prouve qu'elle a une âme, comme ça les gens penseront pas que c'est contagieux — et ils verront quelle fille intelligente tu es. Tu me donnes envie de vomir.

— C'est toi qui me donnes envie de vomir, a dit Adrienne. Ma mère ne l'a peut-être pas dit exactement comme elle aurait *dû* — après tout, elle était bouleversée ! Et elle *a* une âme ! Qu'est-ce que vous croyez que vous avez, vous, espèces de nègres puants ? Elle a *seulement* posé une question... » Adrienne a levé la main pour empêcher Ernestine de l'interrompre. « ... Elle a dit : “ Qui va élever ce bébé ? ” Et je le demande : qui ? Tish a aucune instruction, et Dieu sait qu'elle a pas grand-chose d'autre, et Fonny a *toujours* été un bon à rien. Tu le sais. Alors : *qui* va s'occuper du bébé ?

— Moi, j'ai dit, espèce de conasse jaune et desséchée, et si tu continues à parler, je me chargerai de m'occuper de *toi.* »

Elle a mis ses poings sur ses hanches, l'imbécile ; alors Ernestine s'est glissée entre nous et a dit d'une voix suave : « Adrienne ? Baby ? Je voudrais te dire quelque chose, trésor. Ma beauté. Ma beauté en sucre. » Sa main a effleuré la joue d'Adrienne. Adrienne a frémi, mais n'a pas bougé. Ernestine a laissé sa main jouer un instant sur la joue de l'autre. « Oh ! mon cœur, dès la première minute où mes yeux se sont posés sur ton adorable personne, j'ai été toquée de ta pomme d'Adam. J'en rêve. Tu comprends ce que je veux dire ?... Quand on est toqué de quelque chose ? T'as jamais été vraiment toquée de quelque chose ou de quelqu'un, n'est-ce pas ? Est-ce que tu as déjà observé ta pomme d'Adam ? Moi si. Je la regarde en ce moment. Oh ! elle est adorable ! Trésor, j'arrive pas à savoir si j'ai envie de l'arracher avec mes dents ou mes ongles... ooh !... ou de la détacher, comme le noyau d'une pêche. Quelle merveille ! Tu piges où je veux en venir, mon cœur ?... Mais si tu touches ma sœur, va falloir que je me décide très vite. Alors – elle s'écarta d'Adrienne – touche-la. Va-z-y. S'il te plaît. Détache ces lourdes chaînes de mon cœur et libère-moi.

— Je savais que nous n'aurions pas dû venir [1], a dit Sheila. Je le savais. »

Ernestine l'a fixée jusqu'à ce qu'elle soit obligée de lever les yeux. Alors Ernestine a ri et elle a dit : « Mon Dieu. Je dois avoir un sale esprit, Sheila. Je croyais pas que tu pouvais même prononcer ce mot. »

Alors la haine a vraiment envahi la pièce. Quelque chose se produisit de beaucoup plus profond que ce qui semblait se passer. Soudain, j'eus pitié des sœurs — mais Ernestine ne broncha pas. Elle était toujours debout, une main sur la hanche, l'autre pendante le long de son corps, seuls ses yeux bougeaient. Elle portait un pantalon gris et un vieux chemisier, ses cheveux étaient ébouriffés et elle

1. Jeu de mots : *to come* en anglais signifie aussi avoir un orgasme, jouir.

n'était pas maquillée. Elle souriait. Sheila paraissait pouvoir à peine respirer ou se tenir droite, elle semblait prête à courir vers sa mère qui n'avait pas bougé de sa chaise. Adrienne, qui est large de hanches, portait un chemisier blanc, une ample jupe plissée noire et une jaquette courte et ajustée, noire également, et des souliers plats. Ses cheveux, séparés par une raie au milieu de sa tête, étaient serrés sur sa nuque par un ruban blanc. Elle avait perdu son air provocant. Sa peau, d'un ton trop soutenu pour être café au lait, avait foncé et s'était marbrée. Son front semblait couvert d'huile. Son maquillage faisait des plaques sur sa peau. On pouvait voir qu'elle n'était pas vraiment jolie et que son corps et son visage s'épaissiraient avec le temps.

« Laissons ces gens grossiers », a-t-elle dit à Sheila, non sans dignité.

Elles se sont dirigées vers leur mère qui était, je le compris brusquement, le témoin et le gardien de leur chasteté.

Mme Hunt s'est levée alors, étrangement calme.

« J'espère que vous êtes contente de la façon dont vous avez élevé vos filles, madame Rivers », elle a dit à maman.

Sharon était calme, elle aussi, et en même temps comme stupéfaite : elle a regardé Mme Hunt sans répondre. Alors celle-ci a ajouté : « Mes filles ne me ramèneront pas de bâtards à nourrir, je vous le garantis.

— Mais, a enfin dit Sharon, cet enfant qui vient est votre petit-fils. Je ne vous comprends pas.

C'est votre *petit-fils*. Quelle différence ça fait, la façon dont il sera venu. L'enfant a rien à voir avec tout ça — nous avons, personne ici, rien à voir avec ça !

— Cet enfant... », a dit Mme Hunt. Elle m'a regardée un instant, puis s'est dirigée vers la porte, suivie des yeux par Sharon . « Cet enfant... » Je l'ai laissée atteindre la porte. Ma mère s'est avancée, un peu comme une somnambule, pour tourner les verrous, mais je l'ai devancée ; je me suis placée le dos à la porte. Adrienne et Sheila suivaient leur mère.

Sharon et Ernestine n'ont pas bougé.

« Cet enfant, j'ai dit, est dans mon ventre. Maintenant, vous n'avez qu'à lever votre genou et à le frapper — ou mieux, avec ces chaussures à talons hauts. Vous ne voulez pas de cet enfant ? Allez-y, tuez-le tout de suite. Je vous mets au défi. » Je l'ai regardée dans les yeux. « Ça ne sera pas le premier enfant que vous aurez essayé de tuer. » J'ai touché son chapeau ridicule. J'ai regardé Adrienne et Sheila. « Vous avez pas si mal réussi avec les deux premières... » J'ai alors ouvert la porte, mais je n'ai pas bougé. « O.K. Essayez encore, avec Fonny. Allez-y. »

Adrienne a demandé, d'une voix qui se voulait glaciale : « Pouvons-nous partir maintenant ?

— Tish », a dit Sharon, toujours immobile.

Ernestine est passée derrière moi, elle m'a écartée de la porte et confiée à Sharon. « Mesdames », a-t-elle dit en se dirigeant vers l'ascenseur, puis elle a appuyé sur le bouton. Elle était au-delà de la colère maintenant. L'ascenseur est arrivé, la porte s'est ouverte. Alors elle les a fait entrer et, tout en retenant la porte de son épaule, a simplement dit : « Ne vous inquiétez pas. Nous ne parlerons jamais de vous au bébé. On ne peut pas dire à un bébé à quel point certains êtres humains peuvent être immondes ! » Puis sur un autre ton, un ton que je ne lui avais jamais entendu, elle s'est adressée à Mme Hunt : « Béni soit le fruit de tes entrailles. J'espère que ce sera un cancer de l'utérus. Et je le pense vraiment. » Puis aux sœurs : « Si jamais vous approchez de cette maison, *je vous tuerai.* Cet enfant n'est pas votre enfant — vous l'avez dit vous-mêmes. Si j'apprends que vous avez traversé un terrain de jeu et seulement *vu* l'enfant, vous ne vivrez pas assez longtemps pour attraper le moindre cancer. Ecoutez-moi. Je ne suis pas ma sœur. Ma sœur est gentille. Moi pas. Mon père et ma mère sont gentils. Moi pas. Je peux vous dire pourquoi Adrienne n'arrive pas à se faire baiser — vous voulez l'entendre ? Je pourrais aussi vous parler de Sheila, et de tous ces types qu'elle branle dans leurs mouchoirs, au cinéma ou sur le siège arrière de leur voiture — vous voulez entendre ça *aussi ?* » Sheila s'est mise à pleurer et Mme Hunt a essayé de fermer la porte de l'ascenseur. Ernestine a éclaté de rire. Sa voix a de nouveau changé. « Vous avez maudit l'enfant qui est dans le ventre de ma sœur. Que je ne vous revoie plus jamais, vieille épouse mal blanchie du Christ ! » Elle a craché au visage de Mme Hunt et a laissé la porte de l'ascenseur se refermer. Alors elle a crié dans la cage : « C'était la chair de ta chair que tu as maudite, putain pourrie, sale conasse desséchée ! Transmets le message au Saint-Esprit, et s'Il apprécie pas, dis-Lui que j'ai dit qu'Il était un pédé et qu'Il a pas intérêt à s'approcher trop près de moi. »

Elle est revenue dans l'appartement, les larmes coulaient sur son visage ; elle est allée à la table se servir un whisky, puis elle a allumé une cigarette ; elle tremblait.

Pendant tout ce temps, Sharon n'avait rien dit. Bien qu'Ernestine m'ait confiée à elle, elle ne m'avait pas touchée. Elle avait fait une chose beaucoup plus impressionnante : elle m'avait soutenue et calmée, sans me toucher.

« Bon, elle a dit, les hommes ne rentreront pas de sitôt et Tish a besoin de repos. Allons nous coucher. »

Mais je savais qu'elles m'envoyaient au lit pour pouvoir rester un moment ensemble, sans moi, sans les hommes, sans personne, pour regarder en face la situation et le fait que la famille de Fonny se foutait éperdument de lui et ne lèverait pas le petit doigt pour l'aider. *Nous* étions sa famille maintenant, sa seule famille : c'était à nous seuls d'agir.

Je suis entrée lentement dans ma chambre et je me suis assise une minute sur le lit. J'étais trop fatiguée pour pleurer. J'étais trop fatiguée pour avoir la moindre réaction. En un sens, ma sœur Ernestine s'était chargée du problème, elle en assumait tous les aspects, parce qu'elle voulait que cet enfant ait une traversée sereine et arrive à bon port : et, pour cela, il fallait que je dorme.

Je me suis déshabillée et je me suis pelotonnée dans le lit, comme je le faisais avec Fonny. Je me suis blottie dans ses bras et il m'a serrée contre lui. Je sentais si fort sa présence qu'il m'était impossible de pleurer. Mes larmes lui auraient fait trop mal. Alors il m'a tenue contre lui et j'ai chuchoté son nom tout en regardant les lumières de la rue danser au plafond. J'entendais vaguement maman et Sis dans la cuisine, qui faisaient semblant de jouer au gin rummy.

Cette nuit-là, dans la chambre de Bank Street, Fonny a pris le châle mexicain sur le matelas et l'a drapé sur ma tête et mes épaules. Il s'est reculé en souriant. « Miracle ! une rose a fleuri dans Harlem andalou. La semaine prochaine, je t'achèterai une rose pour mettre dans tes cheveux. » Puis son sourire a disparu et un silence brûlant a envahi la pièce et bourdonné dans mes oreilles. On aurait dit que plus rien n'existait au monde que nous deux. Je n'avais pas peur. Ce que j'éprouvais allait au-delà de la peur. Je ne pouvais pas détacher mon regard de Fonny. J'étais paralysée. J'étais au-delà de la peur, mais ce n'était pas encore la joie : une attente éblouie.

Sans bouger, Fonny a dit : « Nous sommes grands, maintenant, tu sais ? »

J'ai incliné la tête.

« Et tu as toujours été... *mienne...* non ? »

J'ai à nouveau incliné la tête.

« Et tu sais », a-t-il continué, toujours immobile, me tenant avec son seul regard, « que j'ai toujours été tien, d'accord ? »

J'ai dit : « Je n'y avais jamais pensé de cette façon. »

Alors il a dit : « Penses-y maintenant, Tish. »

J'ai dit : « Tout ce que je sais, c'est que je t'aime », et je me suis mise à pleurer. Le châle, tout à coup, me semblait chaud et pesant et j'aurais voulu l'enlever.

Alors Fonny a bougé, son visage s'est transformé, il est venu à moi, a enlevé le châle et l'a jeté dans un coin. Il m'a prise dans ses bras, il a embrassé mes larmes, puis il m'a embrassée et nous avons brusquement découvert quelque chose que nous ignorions jusqu'alors.

« Moi aussi je t'aime, a dit Fonny, mais *moi,* j'essaie de ne pas pleurer. » Il s'est mis à rire et son rire m'a gagnée ; puis il m'a de nouveau embrassée, avec plus de violence ; il ne riait plus.

« Je veux que tu deviennes ma femme », a-t-il dit. J'ai dû avoir l'air surprise, car il a ajouté : « Exactement. Tu es à moi et je suis à toi et c'est ainsi, baby. Mais il faut que je t'explique quelque chose. »

Il m'a prise par la main et m'a menée à sa table de travail.

« Voilà où se trouve ma vie, ma vraie vie. » Il a pris un morceau de bois, grand comme deux poings. On y devinait la promesse d'un œil, l'esquissé d'un nez — le reste était un simple morceau de bois informe et pourtant vivant. « Il en sortira peut-être quelque chose un jour », a-t-il dit en le reposant avec douceur, « mais j'ai peur de l'avoir déjà gâché. » Il a pris un autre morceau, de la taille d'une cuisse d'homme. Un torse de femme s'y trouvait prisonnier. « Je ne sais encore rien d'elle », il a dit et il l'a reposé avec la même douceur. Malgré son bras autour de mes épaules, il était très loin de moi. Il m'a regardée. « Ecoute. Je suis pas le genre de mec qui t'en fera baver en courant après d'autres poulettes ou des conneries comme ça. Je fume un peu d'herbe, mais je me suis jamais piqué et je suis un type tout ce qu'il y a d'ordinaire. » Il s'est interrompu ; son visage était très calme, très dur : il y avait une dureté en lui que je n'avais guère sentie avant. A l'intérieur de cette dureté coulait son amour, comme un torrent ou un flot de lave, hors de toute logique, au-delà de la raison, totalement insensible aux pressions de la vie. J'étais à lui, il était à moi... Soudain, je compris que ce serait pour moi courir un grave danger et peut-être mourir que d'essayer seulement de contester ce décret.

« Mais », a-t-il repris — et il s'est écarté de moi ; ses larges mains semblaient vouloir modeler l'air, « je vis avec le bois et la pierre. J'ai des blocs dans le sous-sol et je travaille ici tout le temps, mais je me cherche un grenier où je pourrais vraiment installer mon atelier. Alors, ce que j'essaie de te dire, Tish, c'est que je t'offre pas grand-chose. J'ai pas d'argent et je fais des petits boulots ici et là — juste pour bouffer, parce que pas question que je marche dans leur système à la con — ce qui veut dire qu'il faudra que tu travailles aussi et quand tu rentreras, le soir, probable que je grognerai et que je continuerai à travailler avec mon ciseau et, quelquefois, tu auras peut-être l'impression que je sais même pas que tu es là. Mais tu dois pas penser ça. Jamais. Tu es avec moi tout le temps, tout le temps, sans toi je sais pas si je pourrais m'en sortir ; et quand je poserai mes outils, ce sera toujours à toi que je viendrai. Toujours. J'ai besoin de toi. Je t'aime. » Il a souri. « Ça te va, Tish ?

— Bien sûr, que ça me va », j'ai dit. Ma gorge serrée m'empêcha de poursuivre.

Alors il m'a pris la main et m'a conduite au matelas par terre. Il s'est assis à côté de moi et il m'a tirée vers lui jusqu'à ce que ma tête repose sur ses genoux, mon visage tourné vers le sien. Je sentis une sorte de terreur naître en lui. Il savait que je sentais son sexe se raidir et commencer à battre sous l'étoffe de son pantalon, contre ma joue ; il voulait que je le sente et pourtant il avait peur. Il couvrit mon visage et mon cou de baisers, il dégagea mes seins et y porta sa langue et ses dents, ses mains s'étaient emparées de tout mon corps. Je savais ce qu'il faisait, et en même temps je ne le savais pas. J'étais entre ses mains, sa voix qui m'appelait éclatait comme le tonnerre à mes oreilles. J'étais entre ses mains : je devenais autre ; je ne pouvais rien faire que m'accrocher à lui. Je ne m'aperçus pas tout de suite que moi aussi je l'embrassais, que tout en moi se brisait, se transformait et se portait vers lui. Si ses bras ne m'avaient pas retenue, je serais tombée loin, dans un gouffre où m'attendait ma mort. C'était ma vie qui me retenait, qui m'appelait. J'entendis, je sentis le souffle de Fonny, comme si c'était la première fois : mais on aurait dit que son souffle sortait de ma propre poitrine. Il ouvrit mes jambes, ou bien c'est moi qui les ouvris, et embrassa l'intérieur de mes cuisses. Il enleva mes vêtements, couvrit mon corps de baisers, puis il posa le châle sur moi et s'en alla.

Le châle grattait. J'avais froid et chaud. Je l'entendais dans la salle de bains. Il tira la chasse d'eau. Quand il revint, il était nu. Il se glissa sous le châle et étendit son long corps sur le mien, je sentais son long et puissant sexe noir battre contre mon nombril.

Il prit mon visage entre ses mains et m'embrassa. « N'aie pas peur, chuchota-t-il. N'aie pas peur. Rappelle-toi que je suis à toi. Rappelle-toi que, pour rien au monde, je voudrais te blesser. Il faut seulement que tu t'habitues à moi. Et nous avons l'éternité pour ça. »

Il devait être deux heures du matin : il devina ma pensée. « Tes parents savent que tu es avec moi et ils savent que je ne permettrai pas qu'il t'arrive quelque chose. » Alors il descendit son corps et son sexe se trouva à l'entrée du mien.

« N'aie pas peur, répéta-t-il. Accroche-toi à moi. »

Je m'accrochai désespérément à lui, il n'y avait

rien d'autre au monde à quoi me raccrocher ; je m'agrippai à ses cheveux crépus. Je n'aurais su dire qui, de lui ou de moi, gémissait. Ça faisait mal, ça faisait mal, et en même temps ça ne faisait pas mal. Un poids étrange, une présence entrait en moi — un moi dont je ne savais pas, avant, qu'il existait. Je faillis crier, je me suis mise à pleurer : ça faisait mal. Ça ne faisait pas mal. Une chose inconnue se produisait. Sa langue, ses dents sur ma poitrine me faisaient mal. J'avais envie de le repousser et je m'accrochais encore plus fort et il allait et venait en moi sans s'arrêter. Je ne savais pas que Fonny, c'était aussi ça. Je criai et pleurai contre son épaule. Il s'arrêta. Il glissa ses deux mains sous mes hanches. Il se retira, mais pas complètement. Une seconde, je restai suspendue dans le vide, puis il m'attira à lui et s'enfonça de toutes ses forces et quelque chose se déchira en moi. Quelque chose se déchira, un cri monta de ma gorge, mais il couvrit mes lèvres des siennes et étrangla le cri avec sa langue. Son haleine était dans mes narines, je respirais avec son haleine, je bougeais avec son corps. J'étais maintenant ouverte et sans défense et il était partout en moi. Un chant naquit en moi et son corps devint sacré — ses fesses qui se soulevaient et s'abaissaient en frémissant, ses cuisses entre les miennes, sa poitrine sur la mienne, et cette chose dure qui se raidissait encore et grandissait et palpitait et m'entraînait dans un monde nouveau. J'avais envie de rire et de pleurer. Il se produisit alors quelque chose d'absolument nouveau. Je ris et je pleurai à la fois, je criai son nom. Je m'accrochai encore plus fort à lui et me tendis pour le recevoir tout entier. Il s'arrêta et me couvrit de baisers. Sa tête était partout, sur mon cou, sur mes seins. Nous pouvions à peine respirer : si nous ne reprenions pas notre souffle tout de suite, je savais que nous mourrions. Fonny se remit à bouger, très lentement d'abord, puis de plus en plus vite. Je sentis que ça approchait, que je partais, que j'allais basculer derrière l'horizon ; tout mon être coulait vers lui et je criai son nom tandis que le mien se formait dans les râles de sa gorge et qu'il poussait maintenant de toutes ses forces. Il aspira l'air violemment, l'expira dans un sanglot et sortit de moi en faisant jaillir un liquide bouillonnant sur mon ventre, ma poitrine et mon menton.

Pendant un long moment, nous restâmes immobiles et silencieux, soudés l'un à l'autre.

Il rompit le silence d'une voix timide. « Je suis désolé d'avoir fait un tel gâchis. Mais je suppose que tu ne tiens pas à avoir un bébé maintenant et je n'avais pas de protection sur moi.

— J'ai dû faire un beau gâchis, moi aussi, j'ai dit. C'était la première fois. Normalement, on doit saigner, non ? »

Nous chuchotions. Il s'est mis à rire. « Tu veux qu'on regarde ?

— J'aime être allongée comme ça, avec toi.

— Moi aussi. » Puis : « Tu m'aimes, Tish ? » On aurait dit un petit garçon. « Je veux dire... quand je te fais l'amour... tu aimes ? »

J'ai dit : « Oh ! ça va. Tu veux simplement me l'entendre dire.

— C'est vrai. Alors... ?

— Alors quoi ?

— Alors, pourquoi ne le dis-tu pas ? » et il m'a embrassée.

J'ai dit : « C'était un peu comme si j'avais été renversée par un camion — il a ri — mais c'est la chose la plus merveilleuse qui m'est jamais arrivée.

— Pour moi aussi. » Il a prononcé ces mots avec une sorte d'étonnement, presque comme s'il parlait de quelqu'un d'autre. « Personne ne m'a jamais aimé de cette façon auparavant.

— Tu as eu beaucoup de filles ?

— Non, pas tellement. Et aucune qui puisse te rendre jalouse.

— J'en connais ? »

Il s'est mis à rire. « Tu veux que nous allions tous les deux dans la rue et que je te les montre du doigt ? Ce serait moche. Et puis, maintenant que je te connais un peu mieux, je crois que ce serait dangereux. » Il s'est serré contre moi et a posé une main sur mon sein. « Tu es un vrai chat sauvage, petite fille. Même si j'avais le temps de courir après d'autres poulettes, c'est l'énergie qui me manquerait. Va falloir que je commence à prendre des vitamines.

— Oh ! ferme-la ! Tu es répugnant.

— Pourquoi je suis répugnant ? Je parle seulement de ma *santé*. Est-ce que ce n'est pas important pour toi, *ma santé ?* Elles sont *enrobées de chocolat* — je veux parler des vitamines.

— Tu es fou.

— Oui, de toi. Tu veux pas qu'on examine les dégâts avant que ce truc devienne aussi dur que du ciment ? »

Il a allumé.

C'était un beau spectacle. Il y avait du sang, beaucoup — à mes yeux du moins, mais ça ne m'a pas effrayée, j'étais fière et heureuse — sur Fonny, sur le lit et sur moi ; son sperme et mon sang glissaient lentement hors de mon corps et il y avait du sperme sur nos torses ; à la faible lueur de la lampe et sur le noir de notre peau, l'effet était étrange et faisait penser à une onction, ou bien à l'accomplissement de quelque rite tribal. Le corps de Fonny était pour moi un mystère complet — le corps d'un amant est toujours un mystère, même quand on finit par bien le connaître : c'est l'enveloppe changeante qui recèle le mystère le plus grave de la vie de chacun. Je contemplai sa large poitrine, son ventre plat, son nombril, la coulée de poils noirs, le sexe immense et souple maintenant : il n'était pas circoncis. Je touchai son corps mince, je posai mes lèvres sur sa poitrine. Elle avait un goût de sel et de quelque épice mystérieuse, amère et piquante — comme dirait l'autre, ça deviendrait un goût acquis. Une main dans la mienne, l'autre sur mon épaule, Fonny me tenait serrée. Il a dit : « Faut qu'on parte. Il vaut mieux que je te ramène avant le jour. »

Il était quatre heures et demie.

J'ai dit : « Oui, je suppose », et nous nous sommes levés. Nous sommes allés sous la douche, j'ai lavé son corps, puis il a lavé le mien et nous avons ri comme des enfants. Puis il m'a avertie que si j'enlevais pas mes mains de son corps, nous risquions de ne jamais nous mettre en route, et mon père prendrait peut-être mal la chose. Or, ajouta Fonny, il avait, lui, des tas de choses à dire à mon papa, des choses qu'il voulait lui dire tout de suite.

Il était sept heures quand Fonny m'a ramenée à la maison. Pendant tout le trajet dans le métro presque vide, il m'a tenue dans ses bras.

C'était dimanche matin. Main dans la main, nous avons remonté la rue ; les gens pieux n'étaient pas encore levés ; et ceux qui étaient encore debout, il y en avait peu d'ailleurs, n'avaient pas d'yeux pour nous ni pour qui ou quoi que ce soit.

Quand nous sommes arrivés à mon perron, j'ai pensé que Fonny allait me quitter là et je me suis tournée pour l'embrasser, mais il a pris ma main en disant : « Viens », et nous avons monté ensemble les escaliers.

Fonny a frappé à la porte.

Ses cheveux noués à la diable, vêtue d'un vieux peignoir vert, Sis a ouvert. Elle avait l'air d'une humeur de chien. Elle nous a regardés tour à tour et, comme malgré elle, a souri.

Elle a dit : « Vous arrivez juste à temps pour le café », et s'est effacée pour nous laisser entrer.

« Nous... », ai-je commencé ; mais Fonny a dit : « Bonjour, mademoiselle Rivers », et quelque chose dans sa voix a, d'un seul coup, réveillé Sis complètement. « Je suis désolé que nous rentrions si tard. Puis-je parler à M. Rivers, s'il vous plaît ? C'est important. »

Il me tenait toujours par la main.

« Tu aurais peut-être plus de chances de le voir si tu ne restais pas sur le palier.

— Nous... » ai-je répété, m'apprêtant à inventer Dieu sait quelle excuse.

« ... voulons nous marier, a dit Fonny.

— Alors, vous avez vraiment besoin d'une tasse de café », a dit Sis en refermant la porte.

Sharon est alors arrivée dans la cuisine ; elle était plus composée que Sis — c'est-à-dire qu'elle était en pantalon et pull-over et avait natté ses cheveux avant de les attacher au sommet de son crâne.

« Où étiez-vous, tous les deux, jusqu'à cette heure-ci ? a-t-elle commencé. Est-ce que ça a le moindre bon sens de se conduire ainsi ? Vraiment ! On était près d'appeler la police. »

Mais, en même temps, je voyais qu'elle était soulagée de voir Fonny à mes côtés. Sa présence avait une signification importante et elle le savait. L'atmosphère aurait été différente et Sharon aurait été beaucoup plus inquiète si j'étais rentrée seule.

« Je suis désolé, madame Rivers, a dit Fonny. C'est ma faute. Je n'avais pas vu Tish de quelques semaines et nous avions à parler de tas de choses. J'avais à lui parler de tas de choses... et — il a fait un geste de la main — nous nous sommes attardés.

— A parler ? » a demandé Sharon.

Il n'a pas bronché ; il n'a pas baissé les yeux. « Nous voulons nous marier. C'est pour ça que je la ramène si tard. » Sharon et lui s'observaient. Fonny a repris : « J'aime Tish. C'est à cause de ça que je suis resté si longtemps sans venir. Je suis même allé — il m'a jeté un bref regard — voir d'autres filles... et... j'ai fait toutes sortes de choses, pour essayer de me changer les idées. » Il m'a de nouveau regardée, puis a baissé les yeux. « Mais je me suis rendu compte que je me faisais des illusions. C'est elle que j'aime. Alors j'ai eu peur qu'elle s'en aille ou qu'un autre vienne et me la prenne et je suis revenu. » Il a essayé de sourire. « Je suis revenu en courant ; et je ne veux plus avoir à repartir. » Puis : « Nous avons toujours été ensemble, vous le savez. Et... je ne suis pas un mauvais garçon. Vous le savez aussi. Et... vous êtes la seule famille que j'aie.

— C'est bien pour ça, a grogné Sharon, que je me demande ce qui te prend de m'appeler Mme Rivers, tout à coup. » Elle m'a regardée. « Ouais. J'espère que vous vous rendez compte, jeune demoiselle, que vous n'avez que dix-huit ans.

— Avec ce genre d'argument et un billet de métro, a remarqué Sis, tu n'iras pas bien loin. Tout juste au coin de la rue. Et encore ! » Elle a versé le café. « En principe, c'est la sœur aînée qui est censée se marier la première. Mais nous n'avons jamais été formalistes dans *cette* maison.

— Que penses-tu de ça, toi ? lui a demandé Sharon.

— Moi ? Je suis ravie d'être débarrassée de cette petite peste. Je n'ai jamais pu la souffrir. Je n'ai jamais compris ce que vous lui trouviez. » Elle s'est assise à table et a souri. « Prends du sucre, Fonny. Tu en auras besoin, crois-moi, si tu as l'intention de t'unir à ma douce, *douce* petite sœur. »

Sharon s'est dirigée vers la porte et a hurlé : « Joe ! Viens ici ! La foudre est tombée sur l'orphelinat ! Viens. Tout de suite. »

Fonny m'a pris la main.

Joseph est arrivé dans la cuisine, en pantoufles, vêtu d'un vieux pantalon en velours côtelé et d'un tricot de corps. J'ai commencé alors à comprendre que personne n'avait dû fermer l'œil de la nuit ici. Joseph m'a vue d'abord. Il n'a d'ailleurs vu personne d'autre. Comme il était à la fois furieux et soulagé, il a parlé d'une voix mesurée. « J'aimerais que tu me dises exactement ce que signifie ce retour à une heure pareille, jeune fille. Si tu ne veux plus vivre ici, fais-le, tu m'entends ? Mais tant que tu restes dans *ma* maison, faut que tu la respectes. Tu m'entends ? »

C'est alors qu'il a vu Fonny et Fonny a lâché ma main et s'est levé.

Il a dit : « Je vous en prie, monsieur Rivers, ne grondez pas Tish. C'est ma faute, monsieur. C'est moi qui l'ai retardée. Il fallait que je lui parle. Je vous en prie, monsieur Rivers. Je lui ai demandé de m'épouser. C'est ça qui nous a tenus si tard. Nous voulons nous marier. Et c'est pourquoi je suis ici. Vous êtes son père. Vous l'aimez. Alors je sais que vous savez — vous *devez* savoir —

que je l'aime. Je l'ai toujours aimée. Vous le savez. Et si je ne l'aimais pas, je ne serais pas en ce moment dans cette pièce, n'est-ce pas ? J'aurais pu la laisser sur le perron et m'enfuir. Je sais que vous avez peut-être envie de me cogner. Mais je l'aime. C'est tout ce que je peux vous dire. »

Joseph l'a regardé.

« Quel âge as-tu ?

— Vingt-et-un ans, monsieur.

— Tu penses que c'est assez vieux pour se marier ?

— Je ne sais pas, monsieur. Mais ça l'est assez pour que je sache que je l'aime.

— Tu le penses ? »

Fonny s'est redressé. « Je le sais.

— Comment vas-tu la nourrir ?

— Comment avez-vous fait, vous ? »

Nous, les femmes, nous étions maintenant exclues de la discussion, et nous le savions. Ernestine a versé une tasse de café et l'a poussée vers Joseph.

« T'as un boulot ?

— Je charge des camions de déménagement le jour et je sculpte la nuit. Je suis sculpteur. Nous savons que ça ne sera pas facile. Mais je suis un vrai artiste. Et je deviendrai un bon, peut-être un grand artiste. »

Ils continuaient de se dévisager.

Joseph a pris sa tasse sans la regarder et a avalé son café d'un trait.

« Voyons, mettons les choses clairement. Tu as demandé à ma petite fille de t'épouser et elle a dit...

— Oui, a répondu Fonny.

— Et tu viens me l'annoncer ou demander mon consentement ?

— Les deux, monsieur.

— Et tu n'as pratiquement pas...

— ... d'avenir », a dit Fonny.

Les deux hommes se sont mesurés du regard. Joseph a reposé sa tasse. Fonny n'avait pas touché la sienne.

« Que ferais-tu à ma place ? » a demandé Joseph.

Je sentais Fonny trembler. Il ne pouvait pas s'en empêcher — sa main a effleuré mon épaule, puis est retombée. « Je poserais la question à ma fille. Si elle vous dit qu'elle ne m'aime pas, je m'en irai et je ne vous ennuierai plus jamais. »

Joseph a fixé Fonny d'un long regard où le scepticisme s'est transformé en une sorte de tendresse résignée, presque de complicité. Il semblait prêt à frapper Fonny et à le prendre dans ses bras.

Puis Joseph m'a regardée.

« Tu l'aimes ? Tu veux l'épouser ?

— Oui. » Je ne savais pas que ma voix pût prendre une résonance aussi étrange. « Oui, Oui. » Puis j'ai dit : « Je suis profondément ta fille, tu sais, et celle de ma mère. Tu devrais savoir que quand je dis non, c'est non, et que quand je dis oui, c'est oui. Fonny est venu te demander ton consentement et je l'aime pour ça. Je souhaite passionnément avoir ton consentement parce que je t'aime. Mais ce n'est pas toi que j'épouse. C'est Fonny. »

Joseph s'est assis.

« Quand ?

— Dès que nous aurons assez de fric », a dit Fonny.

Alors Joseph a dit : « Toi et moi, nous ferions mieux de passer dans l'autre pièce, mon garçon. »

Et ils s'en sont allés. Nous n'avons rien dit. Il n'y avait rien à dire. Au bout d'un moment, maman m'a demandé : « T'es sûre que tu l'aimes, Tish ? T'es sûre ?

— Maman, pourquoi me poses-tu cette question ?

— Parce que, au fond d'elle-même, elle espérait que tu épouserais le gouverneur Rockfeller », a dit Ernestine.

Maman l'a fixée un moment d'un air sérieux. Puis elle a éclaté de rire. Sans le savoir, ou sans le faire exprès, Ernestine était passée très près de la vérité — pas la vérité littérale, bien sûr, mais la vérité : les rêves de sécurité ont la vie dure. J'ai dit : « Tu sais bien que ce vieux trou du cul tout racorni est trop vieux pour moi. »

Sharon a ri de nouveau. « Ce n'est certainement pas ainsi qu'il se voit. Mais je suppose que je pourrais pas avaler la façon dont il te verrait toi. Bon. La question est réglée. Tu vas épouser Fonny. Très bien. Quand j'y pense... » Elle s'est arrêtée : en un sens, elle n'était plus Sharon, ma mère, mais quelqu'un d'autre ; mais ce quelqu'un d'autre se trouvait être Sharon, ma mère. « ... Je crois que je suis bien contente. » Elle s'est renversée sur sa chaise, les bras croisés, le regard absent. « Ouais. Il est réel. C'est un homme.

— Ce n'est pas encore un homme, a dit Ernestine, mais il le deviendra — c'est pourquoi tu es là, en train d'essayer de ne pas pleurer. Parce que ça veut dire que ta plus jeune fille va devenir une femme.

— Oh ! ferme-la ! a dit Sharon. Si seulement tu pouvais te marier, toi aussi, pour que je puisse être débarrassée de toi !

— Je te manquerais aussi, a dit Ernestine d'une voix très douce, mais je ne crois pas que je me marierai un jour. Tu sais, maman, il y a des gens qui se marient, et d'autres pas. » Elle s'est levée et a fait le tour de la pièce avant de se rasseoir. Nous entendions les voix de Joseph et de Fonny dans l'autre pièce, mais nous ne pouvions pas comprendre ce qu'ils disaient — en plus, nous nous forcions à ne pas écouter. Les hommes sont des hommes et, quelquefois, il faut les laisser seuls. Surtout quand on a le bon sens de comprendre que, s'ils se sont enfermés dans une pièce où ils n'ont pas particulièrement envie d'être, c'est à cause de leur responsabilité vis-à-vis des femmes qui sont de l'autre côté de la cloison.

« Oui, je comprends ça, a dit Sharon d'une voix uniforme.

— Le seul ennui, a repris Ernestine, c'est qu'il y a des moments où on *aimerait* appartenir à quelqu'un.

— Mais », j'ai dit — et je ne savais pas que j'allais dire ça, « c'est effrayant d'appartenir à quelqu'un. »

Et c'est peut-être seulement en m'entendant prononcer ces mots que j'ai compris à quel point c'était vrai.

Ernestine a souri. « Dans la vie, rien n'est simple. »

Joseph et Fonny sont revenus.

« Vous êtes tous les deux complètement fous, a dit Joseph, mais ça, j'y peux rien. » Il a regardé Fonny. Il a souri. Un sourire à la fois amical et réticent. Puis il m'a regardée. « Mais... Fonny a raison... c'était fatal qu'un jour quelqu'un vienne et t'emmène. J'avais seulement pas prévu que ce serait si tôt. Mais — comme le dit Fonny, et c'est vrai — vous avez toujours été ensemble, depuis l'enfance. Et vous êtes plus des gamins. » Il a pris Fonny par la main, l'a conduit vers moi et m'a fait lever. Puis il a placé ma main dans celle de Fonny. « Prenez soin l'un de l'autre. Vous allez découvrir que c'est plus qu'une formule. »

Des larmes brillaient dans les yeux de Fonny. Il a embrassé mon père. Il a lâché ma main et s'est dirigé vers la porte. « Faut que je rentre à la maison et que je le dise à mon père. » Son visage a changé, il m'a regardée et m'a envoyé un baiser. « Il va être rudement content », a-t-il ajouté. Il a ouvert la porte et a dit à Joseph : « Nous viendrons ce soir, vers six heures, d'accord ?

— D'accord », a répondu Joseph dont le sourire couvrait maintenant tout le visage. Fonny est sorti. Deux ou trois jours après, le mardi ou le mercredi, nous sommes retournés dans l'East Side et nous avons sérieusement commencé à chercher notre grenier.

Ça n'allait pas être une mince affaire.

Le lundi, comme prévu, M. Hayward était à son cabinet. J'y suis arrivée vers sept heures un quart, accompagnée de maman.

M. Hayward a environ trente-sept ans, je dirais, des yeux marrons pleins de douceur et des cheveux bruns clairsemés. Il est très, très grand et fort ; il est assez gentil, du moins il en a l'air, mais je suis mal à l'aise avec lui. J'ai peut-être tort de l'en rendre responsable. Je ne suis à l'aise avec personne en ce moment, et encore moins avec un avocat.

Il s'est levé à notre entrée, a installé maman dans le grand fauteuil, moi dans le petit et s'est rassis derrière son bureau.

« Comment allez-vous, mesdames, aujourd'hui ? Avez-vous vu Fonny, Tish ?

— Oui. A la visite de six heures.

— Comment va-t-il ? »

Cette question m'a toujours paru idiote. Comment *peut* aller un homme qui lutte pour sortir de prison ? Mais, en même temps, j'ai dû me forcer à voir que, d'un autre point de vue, c'était une question importante. D'abord, c'était l'interrogation avec laquelle je vivais chaque minute de mon existence ; enfin, savoir « comment » allait Fonny pouvait apporter des renseignements précieux à M. Hayward et l'aider à mener l'affaire. Mais je lui en voulais d'avoir à lui dire des choses sur Fonny. Je sentais qu'il y en avait tant qu'il aurait dû déjà savoir. Mais peut-être que, là aussi, je suis injuste.

« Eh bien, disons qu'il déteste être en prison, mais qu'il essaie de ne pas se laisser démolir.

— Quand allons-nous le faire sortir ? » a demandé maman.

M. Hayward nous a regardées tour à tour et a souri — un sourire douloureux, comme s'il avait reçu un coup de pied dans les couilles. Il a dit : « Eh bien, comme vous le savez, mesdames, c'est une affaire très difficile.

— C'est pour ça que ma sœur vous a engagé, vous, j'ai dit.

— Et vous commencez à penser qu'elle a mal placé sa confiance ? » Il souriait toujours. Il a allumé un cigare.

« Non. Je ne dirais pas ça. »

Je n'aurais pas osé le dire — pas encore, en tout cas — car j'avais peur d'avoir à chercher un autre avocat — qui serait probablement pire que celui-ci.

« Nous étions heureux d'avoir Fonny avec nous, a dit maman. Il nous manque.

— Certes, je comprends ça, a-t-il répondu, et je fais tout ce que je peux pour vous le rendre aussi vite que possible. Mais, comme vous le savez, mesdames, la plus grande difficulté vient de ce que Mme Rogers a refusé de revenir sur son témoignage. Et, maintenant, elle a disparu.

— Disparu ? j'ai crié. Comment peut-elle avoir disparu ?

— Tish, a-t-il dit, nous vivons dans une très grande ville, dans un très grand pays, et nous pouvons même ajouter : dans un monde immense. Les gens disparaissent vraiment. Je ne pense pas qu'*elle* est allée très loin — ils n'ont certainement pas les moyens d'entreprendre un long voyage. Mais sa famille l'a peut-être fait revenir à Porto Rico. En tout cas, pour la retrouver, j'aurai besoin d'enquêteurs spéciaux et...

— ... d'argent, a conclu maman.

— Hélas ! » a dit M. Hayward. Il me regardait derrière son cigare, d'un air étrange, interrogateur et étonnamment attristé.

Je m'étais levée ; je me suis rassise. « La garce, j'ai dit, la sale garce.

— Combien d'argent ? a demandé maman.

— J'essaie de réduire les frais au minimum », a dit M. Hayward avec un sourire timide et juvénile, « mais les enquêteurs spéciaux sont... *spéciaux*, et ils le savent. Si nous avons de la chance, il ne nous faudra que quelques jours, ou quelques semaines, pour retrouver la trace de Mme Rogers. Sinon... — il a haussé les épaules — bon, pour l'instant, admettons que nous aurons de la chance. » Et il a de nouveau souri.

« Porto Rico, a dit maman d'une voix basse.

— Nous ne savons pas si elle est retournée là-bas, a repris M. Hayward, mais c'est une très grande éventualité. En tout cas, son mari et elle ont disparu il y a quelques jours de l'appartement d'Orchard Street, sans laisser d'adresse. Nous n'avons pas pu entrer en rapport avec les autres membres de la famille, les tantes et les oncles, qui, comme vous le savez, ne se sont jamais montrés très coopératifs.

— Mais est-ce que ça ne fait pas mauvais effet

pour son histoire, j'ai demandé, de disparaître comme ça ? Elle est le témoin essentiel dans cette affaire.

— Oui. Mais c'est une pauvre Portoricaine ignorante et bouleversée, qui subit le contrecoup du viol. Sa conduite n'a rien d'étonnant. Vous voyez ce que je veux dire ? » Il m'a fixée un moment, puis sa voix a changé. « Et elle n'est qu'un des témoins essentiels de cette affaire. Vous oubliez le témoignage de l'officier de police Bell — c'est lui qui a officiellement permis l'identification de l'auteur du viol. C'est Bell qui jure qu'il a *vu* Fonny s'enfuir du lieu du crime. Et j'ai toujours pensé — rappelez-vous, nous en avons déjà discuté — que c'est *son* témoignage que Mme Rogers ne cesse de répéter.

— S'il a vu Fonny sur les lieux du crime, pourquoi a-t-il attendu pour entrer dans la maison et l'arrêter ?

— Tish, a dit maman. Tish. » Puis : « Vous voulez dire — si je comprends bien — que c'est Bell qui lui dit ce qu'elle doit déclarer ? C'est *ça ?*

— Oui », a dit M. Hayward.

J'ai regardé Hayward. J'ai regardé la pièce. Nous nous trouvions près de Broadway, pas loin de Trinity Church. Les murs étaient en bois sombre, lisse et brillant. Il y avait un grand bureau, avec deux téléphones ; un bouton clignotait sans arrêt, mais Hayward refusait de le voir et continuait à m'observer. Sur les murs étaient accrochés des trophées et des diplômes et un grand portrait de Hayward père.

Sur le bureau, deux photographies encadrées, l'une de sa femme, l'autre de ses deux petits garçons. Je ne sentais aucun rapport entre cette pièce et moi.

Et, pourtant, j'étais assise ici.

« En fait, ce que vous dites, j'ai demandé, c'est qu'il est impossible d'établir la vérité dans cette affaire ?

— Non. Ce n'est pas ça. » Il a rallumé son cigare. « La vérité d'une affaire n'a aucune importance. Ce qui compte, c'est... qui gagne. »

La fumée de son cigare a rempli la pièce. Il a repris en détachant ses mots : « Je ne veux pas dire par là que je doute de la vérité. Si je ne croyais pas à l'innocence de Fonny, je n'aurais pas accepté de me charger de l'affaire. J'ai appris des choses sur l'officier de police Bell, qui est un raciste et un menteur. Je le lui ai déjà dit en face, aussi vous êtes libres de me citer devant n'importe qui et quand vous voudrez — et j'en sais long aussi sur le procureur à qui a été confiée cette affaire, et qui est pire. Voyons. Fonny et vous affirmez que vous étiez ensemble dans cette pièce de Bank Street, en compagnie d'un vieil ami, Daniel Carty. Comme vous pouvez l'imaginer, votre témoignage n'a aucune valeur et Daniel Carty vient d'être arrêté sur ordre du procureur et se trouve au secret. Je n'ai pas été autorisé à le voir. » Il s'est levé et s'est dirigé vers la fenêtre. « Ce qu'ils font est tout à fait illégal... mais... Daniel a déjà un casier judiciaire, vous le savez. De toute évidence, ils ont l'intention de lui faire changer son témoignage. Et — je n'en sais rien, mais je suis prêt à parier — c'est aussi la raison pour laquelle Mme Rogers a disparu. » Il est revenu à son bureau et s'est assis. « Voilà la situation. » Il m'a regardée. « J'essaierai d'arranger les choses. Mais ce sera quand même très dur.

— Quand voulez-vous l'argent ? a demandé maman.

— J'ai déjà commencé les formalités pour retrouver la trace de la dame. J'aurai besoin de l'argent dès que vous pourrez vous le procurer. Je vais aussi obliger le procureur à me permettre de voir Daniel Carty, mais on va me multiplier les difficultés...

— En somme, nous essayons de gagner du temps à coup d'argent.

— Oui. »

Le *temps :* ce mot sonnait comme un glas à mes oreilles. Combien de *temps* Fonny allait-il rester en prison ? Dans six mois de *temps,* notre bébé serait né. Quelque part dans le temps, Fonny et moi nous nous étions rencontrés, quelque part dans le temps, nous nous étions aimés ; et, maintenant, nous continuions à nous aimer, à la merci du temps.

Dans un temps qui n'avait plus de contours, Fonny arpentait sa cellule et ses cheveux devenaient de plus en plus broussailleux. Dans un temps sans couleurs, il frottait son menton dont la barbe le piquait, il grattait ses aisselles et rêvait d'un bain. Quelque part dans le temps, il contemplait sa cellule en sachant qu'on lui mentait, avec la complicité du temps. Dans un autre temps, il avait craint la vie : maintenant, il redoutait la mort — quelque part dans le temps. Il s'éveillait chaque matin avec l'image de Tish sur ses paupières et s'endormait chaque soir, le ventre torturé par le souvenir de Tish. Son temps se passait maintenant dans les cris, la puanteur, la beauté et l'horreur d'hommes innombrables : et il avait été jeté dans cet enfer en un clin d'œil.

Non, le temps ne s'achète pas. La seule monnaie que le temps accepte, c'est la vie. Assise sur le bras du fauteuil en cuir de M. Hayward, je regardai Broadway, en bas, par la large baie, et je me mis à pleurer.

« Tish », a dit Hayward, d'une voix suppliante.

Maman s'est approchée et m'a prise dans ses bras. « Non, Tish, pas ça, je t'en prie. »

Mais je ne pouvais pas m'arrêter. Il me semblait que nous ne trouverions jamais Mme Rogers ; que Bell ne reviendrait jamais sur son témoignage ; que Daniel serait roué de coups jusqu'à ce qu'il renie le sien. Et Fonny pourrirait en prison, Fonny mourrait en prison... et moi... moi, je ne pouvais pas vivre sans Fonny.

« Tish, a dit maman, t'es une femme maintenant. *Faut* que tu sois une femme. Nous sommes dans une sale situation — mais si tu y réfléchis, y a rien de nouveau dans tout ça. Et c'est exactement à ce moment qu'on renonce pas. Tu ne *peux* pas renoncer. Faut que nous sortions Fonny de là. *Peu m'importe ce qu'il nous faudra faire pour y arriver.* Tu me comprends, ma fille ? Y a trop longtemps que cette saloperie existe. Si tu te dis pas ça, si tu désespères, tu vas te rendre malade. Tu n'as pas le droit d'être malade *maintenant* — tu le sais. J'aimerais mieux que la justice condamne Fonny à mort plutôt que de te voir le tuer, toi, par ta faiblesse. Ressaisis-toi — nous allons le sortir de là. »

Elle s'est écartée de moi et j'ai essuyé mes yeux. Elle s'est tournée vers Hayward.

« Vous n'avez aucune adresse à Porto Rico ?

— Si. » Il a écrit sur un bout de papier et le lui a tendu. « Nous envoyons quelqu'un là-bas cette semaine. »

Maman a plié le papier et l'a rangé dans son sac.

« Dans combien de temps pensez-vous avoir le droit de voir Daniel ?

— J'ai l'intention d'y aller demain, mais auparavant, il faudra que je fasse tout un scandale.

— Bon, a dit maman, l'essentiel, c'est que vous le voyiez. »

Elle est revenue vers moi.

« Nous allons en discuter ce soir à la maison, monsieur Hayward, et nous essaierons de voir ce que nous pouvons faire. Je demanderai à Ernestine de vous appeler demain matin, tôt. D'accord ?

— Parfait. Transmettez mes amitiés à Ernestine. » Il a posé son cigare, s'est approché et a mis une main maladroite sur mon épaule. « Ma chère Tish, je vous en prie, tenez bon. Tenez bon. Je vous jure que nous gagnerons, que Fonny retrouvera sa liberté. Non, ça ne sera pas facile. Mais ça ne sera pas aussi insurmontable que cela vous semble aujourd'hui.

— Tu entends ? a dit maman.

— Quand je vais voir Fonny, la première question qu'il me pose, toujours, est à votre sujet. Et je réponds toujours : “ Tish ? elle va bien. ” Mais il observe mon visage, pour s'assurer que je ne lui mens pas. Et je mens très mal. Je le vois demain. Que lui dirai-je ?

— Dites-lui que je vais bien.

— Croyez-vous que vous pourriez arriver à me donner un petit sourire... pour accompagner le message ? Je l'emporterais avec moi. Ça ferait plaisir à Fonny. »

J'ai souri et il a souri, et, pour la première fois, un échange vraiment humain s'est produit entre nous.

Il a lâché mon épaule et s'est tourné vers maman. « Est-ce qu'Ernestine pourrait m'appeler vers dix heures ? Ou même plus tôt ? Sinon, elle risque de ne pas pouvoir me joindre avant six heures du soir.

— D'accord. Et merci beaucoup, monsieur Hayward.

— Vous savez... ? J'aimerais que vous laissiez tomber le monsieur.

— Eh bien... O.K. Hayward. Appelez-moi Sharon.

— Volontiers. Et j'espère que ce drame aura fait de nous des amis.

— J'en suis sûre, a dit maman. Merci encore. Au revoir.

— Au revoir. N'oubliez pas ce que je vous ai dit, Tish.

— Non. Je vous le promets. Dites à Fonny que je vais bien.

— Voilà la Tish que j'aime. Ou plutôt — il a

eu l'air plus juvénile que jamais — la Tish de Fonny. » Et il a souri. Puis il nous a ouvert la porte et nous sommes parties.

Un samedi après-midi, Fonny marchait dans la 7e Avenue quand il est tombé sur Daniel. Ils ne s'étaient pas revus depuis le temps où ils allaient à l'école.

Le temps n'avait pas arrangé Daniel. Il était toujours grand, noir et bruyant ; à vingt-trois ans — il est un peu plus vieux que Fonny — il avait déjà perdu de vue presque toutes ses anciennes connaissances. Ils se sont empoignés — après un instant de surprise ravie — en hurlant de rire, ils se sont donné de grands coups dans le dos, sur la tête, comme les gosses qu'ils avaient été, et, bien que Fonny déteste les bars, ils sont allés s'asseoir dans le premier café qu'ils ont trouvé et ont commandé une bière.

« Alors ! Quoi de neuf ? » Je ne sais pas lequel des deux a posé la question le premier, mais je vois leurs visages sans peine.

« Pourquoi tu me demandes ça à moi, mon vieux ?

— Parce que, comme dirait l'autre en parlant de l'Everest, tu es *là*.

— Où ça, là ?

— Non, sans blague, mon vieux — qu'est-ce que tu deviens ?

— Je bosse chez les Juifs dans le quartier de

la confection, je me crève toute la journée à pousser un chariot et à monter et descendre ces foutus ascenseurs.

— Et chez toi ?

— Mon père est mort, il y a déjà quelque temps. J'habite toujours au même endroit, avec ma mère. Mais ses varices la gênent beaucoup. Alors... » Daniel a baissé les yeux sur sa bière.

« Qu'est-ce que tu fais — maintenant, je veux dire ?

— En ce moment ?

— Je veux dire tout de suite : t'as des plans, t'as un rancart ou est-ce que tu peux rester avec moi ?

— J'ai rien à faire.

Fonny a fini sa bière et payé le serveur. « Viens, mon vieux. Nous avons de la bière à la piaule. *Viens.* Tu te rappelles Tish ?

— Tish ?...

— Ouais. Tish la maigrichonne. Mon amie.

— Tish la maigrichonne ?

— *Ouais.* On est *toujours* ensemble. On va se marier. Viens, que je te montre la piaule. Elle nous fera quelque chose à bouffer... *Viens,* on a de la bière, je te dis. »

Dieu sait qu'il n'a pas d'argent à gaspiller, mais une fois dehors, il pousse Daniel dans un taxi et les voilà en route pour Bank Street : où j'ai la surprise de les voir débarquer. Fonny est rayonnant ; en fait, c'est l'éclat de ses yeux qui m'aide à reconnaître Daniel. Car non seulement le temps ne l'a pas arrangé, mais je devine combien il a dû encaisser.

Ce n'est pas que je sois particulièrement perceptive, mais j'aime Fonny. Ni l'amour ni la haine ne vous rendent aveugle : c'est l'indifférence qui obscurcit votre vue ; et je ne pouvais pas rester indifférente devant Daniel parce que le visage de Fonny me disait quel bonheur c'était pour lui d'avoir miraculeusement repêché un ami des eaux marécageuses de son passé.

Mais, du coup, il me faut sortir faire des courses, et je m'en vais donc en les laissant en tête à tête. Nous avons un tourne-disque. Fonny met un disque, *Compared To What*, et s'assied sur le plancher à côté de Daniel, qui boit une bière.

« Alors, vous allez vraiment vous marier ? » demande Daniel d'un air à la fois mélancolique et moqueur.

« Oui, on se cherche un endroit où habiter — on voudrait un grenier parce que ça coûte pas une fortune et que je pourrais travailler sans casser les pieds à Tish. Ici, c'est pas assez grand pour une personne, alors pas question d'y vivre à deux, et il me faut caser tout mon matériel. »

Tout en parlant, il roule une cigarette de marijuana pour Daniel et pour lui. « Y a plein de greniers inoccupés dans tout l'East Side, mon vieux, et t'as personne qui veut les louer, à part des tordus comme moi. C'est des vrais pièges à feu et y en a qu'ont même pas de cabinets. Alors, tu croirais que c'est pas si mariole que ça d'en trouver un. » Il allume la cigarette, aspire une bouffée et la passe à Daniel. « Eh ben, mon vieux... ce pays, il aime vraiment pas les nègres. Y aime tellement pas les nègres qu'y préférerait louer ses greniers à des lépreux, je te jure mon vieux. » Daniel tire sur la cigarette et la repasse à Fonny – *De vieilles dames embrassent des chiens !* chante le disque — qui aspire à son tour, boit une gorgée de bière et rend la cigarette à Daniel. « Quelquefois, Tish et moi, on y va ensemble, quelquefois on y va chacun de notre côté. Mais c'est toujours la même chanson. » Il se lève. « Et, maintenant, je peux plus laisser Tish y aller toute seule parce que, la semaine dernière, on a cru qu'on l'*avait*, notre grenier, le mec le lui avait promis. Mais y m'avait pas vu, moi. Y se dit qu'une poulette noire, toute seule, dans ce quartier, qui cherche un grenier, y va se la farcir facile. Y croit qu'elle lui fait des avances, c'est *ça* qu'il pense. Et Tish vient me l'annoncer, toute fière et contente — il se rassied — et on y va ensemble. Quand le mec me voit, y dit qu'y a un malentendu, y *peut pas* louer ce grenier parce qu'il a tout ces cousins qu'arrivent de Roumanie comme tu dirais dans une demi-heure, et faut qu'y le leur donne à eux. Merde. J'y ai dit qu'il était un sale enfoiré et il a menacé de me foutre les flics au cul. » Il reprend la cigarette à Daniel. « Va falloir que je trouve une combine pour me faire un peu de fric et quitter ce pays de merde.

— Comment tu vas faire ?

— Je sais pas encore, dit Fonny. Tish sait pas nager. »

Il rend la cigarette à Daniel et ils s'esclaffent.

« Tu pourrais peut-être partir seul d'abord », dit Daniel quand ils sont calmés.

La cigarette et le disque sont terminés.

« Non, dit Fonny, je crois pas que je ferais ça. » Daniel l'observe. « J'aurais trop peur.

— Peur de quoi ? demande Daniel — bien qu'il connaisse la réponse.

— J'aurais peur, reprend Fonny, après un long silence.

— De ce qui pourrait arriver à Tish ? »

Un autre long silence. Fonny regarde par la fenêtre. Daniel regarde le dos de Fonny.

« Oui », avoue enfin Fonny. Puis : « Peur de ce qui pourrait nous arriver à tous les deux — si nous étions séparés. Tu comprends, mon vieux, Tish a pas de jugeote — elle fait confiance à tout le monde. Elle se promène tranquillement dans la rue en balançant ses petites fesses et elle *s'étonne*, mon vieux, quand un mec lui met la main au cul. Elle voit pas ce que je vois. » Le silence retombe. Daniel observe Fonny. Celui-ci reprend : « J'ai peut-être l'air d'être un type bizarre, je sais. Mais j'ai deux choses dans ma vie, mon vieux : j'ai mon bois et ma pierre et j'ai Tish. Si je les perds, je suis perdu. Je le sais. Tu comprends... » Maintenant, il fait face à Daniel. « ... Quoi que ce soit qu'il y a en moi, c'est pas moi qui l'ai mis. Et je peux pas l'enlever. »

Daniel va s'asseoir sur le matelas, le dos au mur.

— Je sais pas si tu es tellement bizarre. Je sais que tu as de la chance. Moi, j'ai rien de tout ça. Je peux avoir une autre bière, mon vieux ?

— Sûr », dit Fonny. Il va ouvrir deux boîtes, en tend une à Daniel qui boit une longue gorgée avant de dire : « Je viens juste de sortir de taule. Deux ans. » Fonny ne dit rien — il se tourne simplement et le regarde.

Daniel ne dit rien ; il continue à boire sa bière.

« Ils ont dit — et ils disent encore — que j'avais volé une voiture. Je sais même pas conduire, mon vieux ; alors j'ai essayé de persuader mon avocat — mais c'était plutôt *leur* avocat, il travaillait pour l'Administration — de le leur prouver, mais il a pas voulu. En plus, j'étais pas dans une voiture quand ils m'ont arrêté. Mais j'avais un peu d'herbe sur moi. J'étais sur mon perron. Ils sont venus m'arrêter, comme ça, c'était vers minuit ; ils m'ont enfermé, et, le lendemain matin, ils m'ont mis dans un groupe pour l'identification, et quelqu'un a dit qu'il me reconnaissait, que c'était *moi* qui avais volé la voiture — cette voiture que j'ai jamais vue. Et alors — tu comprends — comme j'avais cette herbe sur moi, ils me tenaient de toute façon, et ils m'ont dit que si je plaidais coupable, la peine serait plus légère. Si je refusais, ils me colleraient le maximum. J'étais tout seul, baby, j'étais personne d'important, alors j'ai plaidé coupable. Deux ans ! » Il se penche en avant et fixe Fonny. « Remarque, sur le coup, ça m'a paru moins grave que l'accusation d'avoir de la marijuana. » Il se renverse en arrière, rit, boit un peu de bière et regarde Fonny. « Je me trompais. Je les ai laissé m'enculer parce que j'avais la trouille et que j'étais con, et je le regrette maintenant. » Il se tait. Puis : « Deux ans !

— Quelle saloperie ! dit Fonny.

— Oui », répond Daniel — après le silence le plus long et le plus bruyant qu'ils ont jamais connu.

Quand je reviens, je les trouve tous les deux assis, un peu *high* ; je ne dis rien, je me déplace dans l'espace réduit de la cuisine aussi silencieusement que je peux. A un moment, Fonny vient, il se frotte contre moi, me serre et m'embrasse dans le cou. Puis il retourne vers Daniel.

« Depuis combien de temps tu es sorti ?

— Trois mois. » Il se lève du matelas et va à la fenêtre. « Mon vieux, ç'a été dur. Très dur. Et ça l'est encore. Peut-être que j'éprouverais pas la même chose si j'avais vraiment fait un truc et qu'on m'ait piqué. Mais j'avais rien fait. Ils s'amusaient avec moi, mon vieux, parce qu'ils étaient les plus forts. Et j'ai eu de la chance de m'en tirer avec deux ans. Parce qu'ils peuvent te faire tout ce qu'ils veulent. *Tout ce qu'ils veulent.* C'est des porcs, mon vieux. J'ai vraiment compris, en taule, de quoi parlaient Malcolm et tout ces mecs. L'homme blanc, *c'est* le démon. C'est *pas* un homme. Ces choses que j'ai vues, baby, j'en rêverai jusqu'à ma mort. »

Fonny pose une main sur la nuque de Daniel. « Je sais. Mais essaie de pas trop te laisser démolir. T'es dehors, maintenant, c'est fini, t'es jeune.

— Mon vieux, je comprends ce que tu veux dire. Et ça me touche. Mais tu sais pas... le pire, mon vieux, le *pire*... c'est qu'ils peuvent te faire chier de trouille. De *trouille*, mon vieux. »

Fonny ne dit rien. Il reste là, simplement, la main sur la nuque de Daniel.

De la cuisine, je crie : « Vous avez faim, les hommes ? »

« Oui, répond Fonny, on meurt de faim. Amène la bouffe ! »

Daniel s'essuie les yeux, vient à la porte de la cuisine et me sourit.

« Je suis content de te voir, Tish. Sûr que t'as pas grossi, depuis le temps.

— Ferme-la. Je suis maigre parce que je suis *pauvre.*

— Ben, je me demande pourquoi tu t'es pas trouvé un mari riche. C'est pas maintenant que tu vas grossir.

— Oui, mais quand on est maigre, Daniel, on court plus vite, et quand on est coincé quelque part, on a plus de chances de s'en sortir. Tu vois ce que je veux dire.

— On dirait que tu as réfléchi au problème. C'est avec Fonny que tu as appris tout ça ?

— Fonny m'a appris *deux ou trois* choses. Mais j'ai aussi, de nature, une intelligence vive — ça ne t'avait pas frappé ?

— Tish, y a tellement de choses qui m'ont frappé dans la vie que j'avais pas encore eu le temps de te rendre justice.

— Tu n'es pas le seul. Et je peux pas t'en vouloir. Je suis si extraordinaire que, des fois, je dois me pincer. »

Daniel rit. « Où ça ? J'aimerais voir. »

Fonny marmonne : « Elle est tellement extraordinaire que des fois, faut que je lui remette la tête à l'endroit.

— Il te bat aussi ?

— Hélas ! que puis-je faire... ? I'm fout des

coups ; l'm' prend mes sous, mais je l'aime...
Et nous voilà tous les trois en train de chanter :

Je l'ai tell'ment dans la peau,
Qu' j'en d'viens marteau,
Dès qu'il s'approch' c'est fini
Je suis à lui.
Quand ses yeux sur moi se pos'nt,
Ça m'rend tout' chose,
Je l'ai tellement dans la peau...

Nous rions. Daniel redevient sérieux, son regard se perd, soudain, très loin. « Pauvre Billie, dit-il, elle aussi, ils lui en ont fait baver.

— Mon vieux, dit Fonny, l'essentiel, c'est d'avancer jour après jour. Si tu y penses trop, tu es foutu, et tu peux plus avancer du tout.

— A table », je dis.

J'ai préparé le plat préféré de Fonny : des travers de porc avec du cornbread et du riz, de la sauce et des petits pois. Fonny met sur le tourne-disque *What's Going On*, de Marvin Gaye.

« Peut-être que Tish peut pas grossir, dit Daniel au bout d'un moment, mais toi, c'est sûr que tu prendras du poids. Ça vous ennuierait si je passais vous voir plus souvent — disons, vers cette heure-ci ?

— Tu seras le bienvenu, dit Fonny en me lançant un clin d'œil. Tish est pas une beauté, mais elle sait se débrouiller avec les casseroles.

— Je suis heureuse d'apprendre que je suis bonne à quelque chose », je réponds, et il me lance un nouveau clin d'œil et attaque un travers.

Fonny ronge son travers de porc et me regarde : sans un bruit, sans bouger un muscle, nous rions. Nous rions pour de nombreuses raisons. Nous sommes ensemble en un lieu où personne ne peut nous atteindre, nous toucher, où nous sommes unis. Nous sommes heureux d'avoir assez de nourriture pour Daniel, qui mange paisiblement, sans savoir que nous rions, mais qui sent qu'il nous est arrivé quelque chose de merveilleux, ce qui signifie que des choses merveilleuses peuvent exister et qu'un jour, peut-être, il lui en arrivera une à lui. De toute façon, c'est extraordinaire de pouvoir aider quelqu'un à avoir cette impression.

Daniel reste avec nous jusqu'à minuit. Il a un peu peur de nous quitter, peur d'affronter seul les rues, et Fonny, qui s'en rend compte, l'accompagne jusqu'au métro. Daniel, qui ne peut pas abandonner sa mère, et pourtant souhaite être libre pour affronter sa vie ; mais qui, en même temps, a terriblement peur de ce que la vie lui apportera, peur de la liberté ; et se débat dans un piège. Et Fonny, qui est plus jeune, s'efforce de se comporter en aîné, afin d'aider son ami à atteindre la délivrance. *Mon Seigneur n'a-t-il pas délivré Daniel ? Pourquoi pas tous les hommes ?*

Ce chant est vieux et la question n'a pas encore reçu de réponse.

Au cours de leur promenade cette nuit-là, et pendant beaucoup d'autres nuits, Daniel essaya de parler à Fonny de ce qui lui était arrivé en prison. Parfois, il était chez nous et je l'entendais ; parfois, Fonny et lui étaient seuls. Parfois, quand Daniel parlait, il pleurait — et Fonny ou moi le prenions dans nos bras. Daniel sortait ces choses, il les tirait, les arrachait de lui-même comme si ç'avait été du métal tordu, déchiqueté, auquel s'accrochaient des lambeaux de chair — il les extirpait de lui comme un homme qui essaie de guérir.

« Au début, tu comprends pas ce qui t'arrive. Tu *peux pas* comprendre. Ils sont venus me chercher sur mon perron et ils m'ont fouillé. En y repensant, plus tard, je me suis rendu compte que je savais pas *pourquoi*. On était tout le temps sur ce perron, les autres et moi, et on les voyait passer dans leur voiture ; même si moi, je prenais pas de blanche, ils savaient forcément qu'il y avait d'autres mecs qui se piquaient. Ils pouvaient voir les types se gratter et dodeliner de la tête. Ils savaient ce que ça veut dire, j'en suis sûr. Après, en y repensant, je me suis dit : ces salauds, ça les excite. Ils vont au commissariat faire leur rapport : " Tout est calme, chef.
" Nous avons escorté la French Connection dans sa
" tournée, la drogue a été livrée et les nègres... sont tous défoncés. Mais, cette nuit-là, j'étais tout seul, j'allais rentrer, quand ils ont arrêté leur voiture, ils ont sauté sur moi et ils m'ont poussé dans l'entrée de

l'immeuble pour me fouiller. Vous savez comment ils s'y prennent. »

Je ne sais pas. Mais Fonny, le visage immobile, le regard sombre, incline la tête.

« Je venais de me procurer un peu d'herbe. Elle était dans ma poche arrière. Ils l'ont sortie ; mon vieux, qu'est-ce qu'ils aiment te peloter le cul ; ils m'ont mis les menottes et m'ont poussé dans l'auto. J'avais pas pensé que ça irait jusque-là, peut-être que je planais un peu, peut-être j'avais pas eu le temps de penser, mais quand cet homme m'a passé les menottes et poussé en bas des escaliers jusqu'à la voiture et qu'elle s'est mise à rouler, j'ai eu envie d'appeler ma mère. Et puis j'ai commencé à être paniqué parce qu'elle est presque impotente et qu'elle allait s'inquiéter et personne saurait où j'étais ! Ils m'ont mené au commissariat, ils m'ont inculpé de possession de narcotiques et ils m'ont enlevé tout ce que j'avais sur moi. J'ai commencé à demander si je pouvais passer un coup de téléphone et puis je me suis rendu compte que j'avais personne à appeler, sauf ma mère et à qui pourrait-elle téléphoner, à cette heure-là de la nuit ? Tout ce que je pouvais faire, c'était espérer qu'elle s'était endormie en pensant que je rentrerais tard et que, quand elle se réveillerait au matin, j'aurais trouvé une solution. Ils m'ont mis dans une cellule avec quatre ou cinq types, qui somnolaient et pétaient ; alors je me suis assis et j'ai essayé de reprendre mes esprits. Qu'est-ce que je vais faire ? J'ai personne que je peux appeler — sauf, peut-être, ce Juif pour qui je travaille ; c'est pas un mauvais bougre, mais il va rien comprendre à tout ça. Ce que j'essaie de trouver, c'est quelqu'un qui pourrait prévenir ma mère, quelqu'un qui est calme, et qui saura la calmer et faire quelque chose. Mais je trouve personne.

« Au matin, ils nous ont mis dans le fourgon. Y a un vieux Blanc dégueulasse qu'ils ont dû ramasser dans le Bowery ; il a vomi partout sur lui et il regarde le plancher en chantant. Il sait pas chanter, mais qu'est-ce qu'il pue ! Et alors, mon vieux, je suis vachement content de pas fonctionner à l'héro parce qu'un des frères se met à gémir ; il a enroulé ses bras autour de ses épaules, et la sueur commence à dégouliner de son corps comme d'une planche à laver. Il est à peu près de mon âge, et sûr que je voudrais l'aider, mais je sais que je peux rien faire. Je me dis : les flics qui l'ont mis dans ce fourgon, ils savent que ce mec est *malade* ; je suis sûr qu'ils le savent. Il devrait pas être ici — et, en plus, c'est presque un gosse. Mais les salauds qui l'ont mis dans ce fourgon, mon vieux, ils jouissaient dans leur froc quand ils l'ont fait. Je crois pas qu'il y a un seul homme blanc dans ce pays, mon vieux, qui peut seulement bander s'il entend pas un nègre gémir.

« On arrive là-bas. Et j'ai toujours pas trouvé quelqu'un à appeler. J'ai envie de chier et j'ai envie de mourir, mais je sais que je peux faire ni l'un ni l'autre. Je suppose qu'ils me laisseront chier quand ça leur plaira ; en attendant, faut que je me retienne comme je peux, et c'est complètement idiot de vouloir mourir parce qu'ils peuvent me tuer quand ils veulent, et peut-être que je mourrai aujourd'hui.

Avant d'avoir chié. Alors je repense à ma mère. Maintenant, elle s'inquiète, je le sais. »

Quelquefois Fonny le tenait dans ses bras, quelquefois c'était moi. Quelquefois il nous tournait le dos, debout à la fenêtre.

« Je peux pas vous dire grand-chose d'autre — il y a peut-être toute une partie de cette saloperie que je serai jamais *capable* de dire à personne. Ils m'avaient arrêté à cause de cette herbe et ils m'ont condamné pour la bagnole — cette bagnole que j'ai jamais vue. Ce jour-là, ils avaient besoin d'un voleur de voiture, je suppose. J'aimerais drôlement savoir à qui elle appartenait. J'espère que c'était pas un mec noir. »

Parfois Daniel souriait, il s'essuyait les yeux. Nous mangions et buvions tous les trois. Daniel essayait de toutes ses forces de dépasser quelque chose, quelque chose d'innommable. Parfois je le tenais dans mes bras, parfois c'était Fonny : il n'avait que nous.

Le lendemain de ma visite à Hayward, je suis allée à la prison à six heures. Je n'avais jamais vu Fonny aussi bouleversé.

« Bon Dieu, qu'est-ce qu'on va faire au sujet de Mme Rogers ? Où est-ce qu'elle a foutu le camp ?

— Je ne sais pas. Mais nous trouverons.

— *Comment ?*

— Nous envoyons des gens à Porto Rico. Nous pensons que c'est là qu'elle a dû aller.

— Suppose qu'elle soit allée en Argentine ? ou au Chili ? ou en Chine ?

— Fonny, je t'en prie. Comment pourrait-elle aller si loin ?

— Ils peuvent lui donner le fric pour se rendre n'importe où.

— Qui ?

— Les types du procureur. Bien sûr !

— Fonny...

— Tu ne crois pas ? Tu ne crois pas qu'ils sont capables de le faire ?

— Je ne crois pas qu'ils l'ont fait.

— Où allez-vous trouver le fric pour faire les recherches ?

— Nous travaillons, tous.

— Ouais. Mon père travaille dans la confection, toi, tu travailles dans ton grand magasin et ton père sur les quais... !

— Fonny, écoute...

— Ecouter quoi ? Qu'est-ce qu'on va faire avec cet avocat de merde ? Il se fout éperdument de moi, il se fout de *tout le monde !* Tu veux que je meure ici ? Tu sais ce qui se passe ici ? Tu sais ce que j'encaisse ici ?

— Fonny, Fonny.

— Je suis désolé, baby. C'était pas contre toi que je disais ça. Je suis désolé. Je t'aime, Tish. Pardonne-moi.

— Moi aussi, je t'aime, Fonny.

— Comment va le bébé ?

— Il grossit. Le mois prochain, ça commencera à se voir. »

Nous nous regardons.

« Baby, sors-moi de là. Sors-moi de là. Je t'en supplie.

— Je te le promets. Je te le jure.

— Ne pleure pas. Je regrette d'avoir crié. Ce n'était pas contre toi que je criais, Tish.

— Je sais.

— Je t'en prie, ne pleure pas. C'est mauvais pour le bébé.

— Oui.

— Fais-moi un petit sourire, Tish.

— Comme ça ?

— Tu peux faire mieux.

— C'est mieux ?

— Oui. Embrasse-moi. »

J'embrasse la vitre. Il pose ses lèvres au même endroit de l'autre côté.

« Tu m'aimes encore ?

— Je t'aimerai toujours.

— Je t'aime. Tu me manques. Tout de toi me manque, tout ce que nous faisions ensemble, quand on se promenait, quand on parlait, quand on faisait l'amour... Oh ! baby, sors-moi de là !

— Je le ferai. Tiens bon.

— Je te le promets... A demain.

— A demain. »

Il a suivi le gardien dans cet enfer inimaginable et je me suis levée, les jambes et les bras tremblants, pour traverser à nouveau le Sahara.

Cette nuit-là, j'ai rêvé. Toute la nuit, j'ai fait des cauchemars. Dans un de ces cauchemars, Fonny conduisait un énorme camion très vite, trop vite, sur une grande route. Il me cherchait. Mais il ne me voyait pas. J'étais derrière le camion et je l'appelais, mais le grondement du moteur couvrait ma voix. La route longeait la mer, sur une falaise. Il y avait deux bifurcations, exactement semblables. L'une d'elles conduisait à l'allée de notre maison ; l'autre menait au bord de la falaise directement dans la mer. Il allait trop vite ! Je hurlai son nom et, au moment où il prenait la seconde bifurcation, je poussai un autre cri et m'éveillai.

La lumière était allumée et Sharon se tenait debout près de mon lit. Je ne saurais décrire son visage. Elle m'a essuyé le cou avec une serviette mouillée, puis elle s'est penchée et m'a embrassée. Elle s'est redressée et m'a regardée dans les yeux.

« Je sais que je ne peux pas t'aider beaucoup en ce moment — Dieu sait que je donnerais n'importe quoi pour pouvoir le faire. Mais je sais ce qu'est la souffrance, si ça peut t'aider. Je sais qu'elle a une fin. Je ne veux pas te raconter de mensonges, comme de prétendre que cette fin est toujours heureuse. Parfois c'est pire. Parfois on souffre tant qu'on se retrouve dans un monde où il n'y a plus de souffrance, plus rien : et c'est pire. »

Elle a pris mes deux mains dans les siennes et les a serrées. « Essaie de te rappeler ça. Et aussi :

la seule façon pour qu'une chose se fasse, c'est quand on décide de la faire. Beaucoup de nos êtres chers, beaucoup de nos hommes, sont morts en prison ; mais pas tous. Rappelle-toi ça aussi. Et puis : tu es pas vraiment seule dans ce lit, Tish. Tu as cet enfant contre ton cœur et nous comptons tous sur toi, Fonny compte sur toi, pour conduire cet enfant jusqu'à son terme. Toi seule peux le faire. Mais tu es forte. Appuie-toi sur ta force. »

J'ai dit : « Oui. Oui, maman. » Je savais que je n'avais pas de force. Mais j'allais en trouver, quelque part.

« Ça va maintenant ? Tu vas te rendormir ?

— Oui.

— Ce que je vais dire est un peu ridicule. Mais n'oublie pas, c'est l'amour qui t'a faite ce que tu es. Si tu as fait confiance à l'amour jusqu'ici, ne désespère pas maintenant. »

Elle m'a de nouveau embrassée, puis elle a éteint la lumière et elle est sortie de la chambre.

J'étais allongée — toujours éveillée et terrifiée. « *Sors-moi de là.* »

Je me rappelai des femmes que j'avais connues, mais à peine regardées, et qui me faisaient peur ; parce qu'elles savaient se servir de leur corps pour obtenir ce qu'elles voulaient. Je commençai maintenant à comprendre que le jugement que j'avais porté sur elles n'avait pas grand-chose à voir avec la morale. (Je commençai aussi à me demander ce que signifiait ce mot.) Mon jugement avait été motivé par le fait qu'elles semblaient vouloir si peu. Je ne pouvais imaginer de me prostituer pour un si bas prix.

Mais pour un prix plus élevé ? Pour Fonny ?

Je m'endormis enfin ; un temps très court ; puis je me réveillai. Je ne m'étais jamais sentie aussi fatiguée. Tout mon corps me faisait mal. J'ai regardé la pendule et j'ai vu qu'il serait bientôt temps de me lever pour aller travailler, à moins que je me fasse porter malade. Mais ce n'était pas possible.

Je me suis habillée et je suis allée dans la cuisine boire une tasse de thé avec maman. Joseph et Ernestine étaient déjà partis. Maman et moi avons bu notre thé en silence. Une idée tournait sans cesse dans mon esprit : je ne pouvais pas parler.

Je suis descendue dans les rues. Il était un peu plus de huit heures. Ces rues du matin, qui ne sont jamais vides. Je suis passée devant le vieil aveugle noir au coin de ma rue. Je l'avais peut-être vu tous les jours, toute ma vie. Mais pour la première fois, ce matin, je me suis demandé quelle était sa vie. Il y avait aussi quatre adolescents debout en train de parler, des drogués. Quelques femmes se hâtaient vers leur travail. J'ai essayé de déchiffrer leurs visages. D'autres allaient prendre un peu de repos dans des chambres meublées du côté de l'avenue. J'ai pensé : si je dois faire le trottoir, je ferais mieux de pas essayer par ici. Ça me prendrait autant de temps que de cirer des parquets, tout en étant bien plus pénible.

En fait, je me disais : je sais que je peux pas le faire tant que le bébé ne sera pas né, mais si, à ce moment-là, Fonny est toujours en prison, il faudra peut-être que j'essaie. Autant valait m'y préparer. Mais, tout au fond de mon esprit, une autre idée tournait, que je n'avais pas encore le courage d'affronter, je le savais.

Me préparer, comment ? J'ai descendu les marches, franchi le tourniquet et me suis retrouvée sur le quai, avec les autres voyageurs. Quand le train est arrivé, j'ai poussé pour y entrer, comme eux, je me suis appuyée contre une barre et j'ai senti leur haleine et leur odeur m'envahir. Une sueur froide a couvert mon front et commencé à couler le long de mon dos. Je n'y avais pas pensé jusqu'alors parce que je savais que je devrais travailler jusqu'au dernier jour ; mais, brusquement, je me suis demandé comment je ferais, à mesure que je deviendrais plus lourde et plus malade, pour *me rendre* à mon travail. Si j'avais un malaise, ces gens, en entrant ou en sortant du wagon, nous piétineraient à mort, le bébé et moi. *Nous comptons sur toi... Fonny compte sur toi... Fonny compte sur toi, pour mener le bébé à terme.* Je me suis agrippée à la barre. Mon corps glacé tremblait.

J'ai regardé autour de moi. Le wagon ressemblait un peu à ces dessins de bateaux négriers. Bien sûr, ils n'avaient pas de journaux, sur les négriers, ils n'en avaient pas encore besoin ; mais pour l'espace (et peut-être aussi les buts), le principe était exactement le même. Un gros homme, qui sentait la sauce épicée et le dentifrice, m'envoyait son haleine en plein visage. Ce n'était pas sa faute s'il était obligé de respirer et si mon visage se trouvait là. Son corps se pressait contre le mien, mais ça ne signifiait pas qu'il pensait à me violer, ni même qu'il pensait à moi. Il se demandait probablement — et d'une façon vague — s'il arriverait à la fin de cette nouvelle journée de travail.

Quand un wagon de métro est bondé — à moins qu'il ne soit plein de gens qui se connaissent, qui vont en pique-nique, par exemple — il est presque toujours silencieux. Comme si chacun retenait sa respiration en attendant de sortir. Chaque fois que le train s'arrête dans une station, et que des gens vous poussent pour sortir — comme le faisait à l'instant l'homme qui sentait la sauce épicée et le dentifrice — un grand soupir semble s'élever ; immédiatement étouffé par les gens qui montent. Maintenant, c'était une fille blonde, encombrée d'un carton à chapeaux, qui me soufflait sa gueule de bois dans la figure. Enfin, mon tour de descendre est venu. Je suis sortie du métro, j'ai traversé la rue et je suis entrée dans le magasin par l'entrée de service. J'ai pointé, changé de vêtements et gagné mon comptoir. J'étais un peu en retard dans la salle, mais j'avais pointé dans les temps.

Le chef de rayon, un Blanc, jeune et plutôt gentil, a froncé les sourcils d'un air faussement sévère en me voyant me précipiter à ma place.

Il n'y a pas que des vieilles dames blanches qui viennent à ce rayon sentir le dos de ma main. Il est rare qu'un type noir s'approche du comptoir, ou alors c'est avec des intentions souvent plus généreuses et toujours plus précises. Pour un type noir, je ressemble peut-être trop à une petite sœur complètement paumée. Il ne veut pas me voir devenir putain. Certains s'approchent peut-être aussi pour me regarder dans les yeux, pour entendre ma voix, afin de vérifier le sens de ma présence ici. Et ils ne sentent jamais le dos de ma main : un Noir tend la sienne, vous vaporisez un peu de parfum dessus et il la porte à ses narines. Il refuse de jouer la comédie du type qui cherche un parfum. Parfois il en achète, mais le plus souvent non. Parfois la main qu'il a portée à son visage se serre en un poing complice, et après cette prière, ce salut, il s'éloigne. Un homme blanc, lui, porte votre main à ses narines et la retient un moment. Toute la journée, j'ai regardé les gens aller et venir, sans pouvoir me débarrasser de cette idée qui tournait dans mon esprit. Le soir, Ernestine est passée me prendre. Elle m'a dit que Mme Rogers avait été retrouvée à Santurce, à Porto Rico ; et que l'un d'entre nous devrait y aller.

« Avec Hayward ?

— Non. Hayward s'occupe de Bell et du procureur. De toute façon, tu comprends bien que, pour des tas de raisons, il ne paut pas y aller. On l'accuserait de vouloir suborner un témoin.

— Mais c'est ce qu'ils font, eux... !

— Tish... » Nous remontions la 5e Avenue en direction de Columbus Circle. « ... Ton bébé serait déjà en âge de voter que nous essaierions encore de le prouver.

— Nous rentrons en métro ou en autobus ?

— Nous allons nous asseoir quelque part pour laisser passer l'heure de pointe. Toi et moi, il faut que nous parlions, avant d'en discuter avec papa et maman. Ils ne le savent pas encore. »

Je me rends compte combien Ernestine m'aime et je me rappelle, en même temps, qu'elle n'a guère que quatre ans de plus que moi.

Mme Victoria Rogers, née Victoria Maria San Felipe Sanchez, déclare que le soir du 5 mars, entre onze heures et minuit, dans le vestibule de sa maison, elle a été criminellement attaquée par un homme qu'elle sait maintenant être Alonzo Hunt et que ledit Alonzo Hunt a sexuellement abusé d'elle et lui a fait subir les perversions sexuelles les plus inimaginables.

Je ne l'ai jamais vue. Je sais seulement qu'un Américain d'origine irlandaise, Gary Rogers, un ingénieur, est allé à Porto Rico il y a environ six ans, et y a rencontré Victoria qui avait alors dix-huit ans. Il l'a épousée et l'a ramenée sur le continent. Au lieu de monter, sa carrière a baissé et il semble en avoir conçu de l'amertume. Quoi qu'il en soit, après lui avoir fait trois enfants, il est parti. Je ne sais rien de l'homme avec qui elle vivait à Orchard Street et avec qui elle s'est probablement enfuie à Porto Rico. Les enfants sont, probablement aussi, toujours sur le continent, recueillis par sa famille. Son « foyer » est Orchard Street. Elle habitait au quatrième étage. Si le viol a eu lieu dans le « vestibule », alors elle a été violée au rez-de-chaussée, sous l'escalier. Cela aurait pu se passer au quatrième étage, mais c'est peu vraisemblable, car il y a quatre appartements sur chaque palier. Pour qui connaît New York, Orchard Street est très loin de Bank Street. Orchard Street est très proche de l'East River et Bank Street est pratiquement dans l'Hudson. Il est impossible de se rendre en courant d'Orchard à Bank, surtout quand on a la police à ses trousses. Pourtant, Bell *jure* qu'il a vu Fonny « s'enfuir du lieu du crime ». Il n'a pu le faire que s'il n'était pas de service ce soir-là, car sa « ronde » est dans le West Side, et pas dans l'East Side. Et, pourtant, Bell a pu arrêter Fonny dans notre chambre de Bank Street. Mais c'est à l'accusé de prouver, et de payer pour prouver, l'improbabilité et les contradictions de cette succession d'événements.

Nous étions assises dans un bar près de Columbus Circle. Ernestine a la même tactique avec moi qu'avec les enfants de son foyer : elle vous lâche un gros pavé sur la tête, puis se recule pour voir comment vous réagissez. Elle a besoin de le savoir pour définir sa propre position : il faut que le filet soit en place. Peut-être parce que j'avais passé presque toute la journée, et la nuit précédente, à envisager de vendre mon corps, je commençai maintenant à voir la réalité du viol.

J'ai demandé : « Crois-tu qu'elle a vraiment été violée ?

— Tish. J'ignore ce qui mijote dans ta petite cervelle, mais cette question est dénuée de tout intérêt. En ce qui nous concerne, baby, elle a été violée. Un point, c'est tout. » Elle s'est interrompue pour boire. Sa voix était calme, mais la tension de la peur se lisait sur son front. « En fait, je pense qu'elle a été violée et qu'elle ne sait absolument pas qui l'a fait, elle ne le reconnaîtrait même pas si elle le croisait dans la rue. Ce que je dis peut paraître dingue, mais l'esprit est ainsi fait. Elle le reconnaîtrait s'il la violait de nouveau. Mais alors, ça ne serait plus un viol. Tu me comprends ?

— Oui. Mais pourquoi accuse-t-elle Fonny ?

— Parce qu'on lui a présenté Fonny comme l'auteur du viol et qu'il lui était plus facile de dire oui que d'essayer de revivre ce cauchemar. Pour elle, c'est fini. Sauf le procès. Mais en ce qui la concerne, elle, c'est terminé.

— Pour nous aussi, c'est terminé ?

— Non. » Sa voix, son regard étaient très fermes. C'est une drôle de chose à dire, mais je n'ai pu m'empêcher d'admirer son cran. « Pas pour nous. » Elle ne me quittait pas des yeux. « En un sens, ça ne sera peut-être jamais terminé pour nous. Mais ce n'est pas le moment d'en parler. Ecoute. Il nous faut y réfléchir très sérieusement et d'une autre façon. C'est pourquoi je voulais prendre un verre seule avec toi avant de rentrer à la maison.

— Qu'essaies-tu de me dire ? » J'ai été soudain prise de panique.

« Ecoute. Je ne crois pas que nous puissions l'amener à changer sa déposition. Il faut que tu comprennes : elle ne ment pas.

— Qu'essaies-tu de me raconter ? Qu'est-ce que ça veut dire, Bon Dieu : " Elle ne ment pas " ?

— Est-ce que tu vas m'écouter ? Bien sûr qu'elle *ment*. Nous savons, nous, qu'elle ment. Mais, *elle*, elle ne *ment* pas. En ce qui la concerne, Fonny l'a violée, et elle n'a plus à y penser. C'est terminé. Pour elle. Si elle revient sur sa déposition, elle deviendra folle. Ou elle deviendra une autre femme. Et tu sais que les gens deviennent souvent fous, mais qu'ils changent rarement.

— Bon... alors qu'allons-nous faire ?

— Il nous faut démontrer la fausseté de l'accusation. Inutile de prétendre que nous les obligerons à prouver ce qu'ils avancent, car pour eux, l'accusation *est* la preuve elle-même, et c'est exactement ainsi que ces cons de jurés le verront. Eux aussi sont des menteurs — nous le savons. Mais *eux pas*. »

Je me suis alors rappelé ce que m'avait dit quelqu'un, jadis — peut-être était-ce Fonny : *Un imbécile ne dit jamais qu'il est un imbécile.*

« Mais nous ne pouvons pas prouver qu'ils mentent. Daniel est en prison.

— Oui. Mais Hayward le voit demain.

— Et après ? Je te parie que Daniel reviendra quand même sur sa déclaration.

— Peut-être oui. Peut-être non. Mais j'ai une autre idée. »

Nous étions là, assises dans ce bar infect, deux sœurs essayant de garder leur sang-froid.

« Imaginons le pire. Mme Rogers refuse de revenir sur sa déclaration. Daniel change la sienne. Il reste l'officier de police Bell.

— Oui. Et alors ?

— Eh bien, j'ai un dossier sur lui. Un long dossier. Je peux prouver qu'il a tué un garçon noir de douze ans, à Brooklyn, il y a deux ans. C'est d'ailleurs pour ça qu'on l'a déplacé à Manhattan. Je connais la mère du garçon assassiné. Et je connais la femme de Bell. Elle le déteste.

— Elle ne peut pas témoigner contre lui.

— Ça ne sera pas nécessaire. Il suffira qu'elle soit dans la salle d'audience et qu'elle le regarde...

— Je ne vois pas comment ça peut nous aider.

— Je sais. Et tu as peut-être raison. Mais si le pire arrive, et il vaut toujours mieux prévoir le pire, notre tactique doit être de démolir la crédibilité de l'unique témoin à charge.

— Ernestine, j'ai dit, tu rêves.

— Non, je ne crois pas. Je fais un pari. Si j'arrive à faire asseoir ces deux femmes, la Blanche et la Noire, dans la salle d'audience, et si Hayward fait bien son travail, nous devrions parvenir à démolir l'accusation par un interrogatoire contradictoire. N'oublie pas, Tish, que l'accusation est pratiquement inexistante. Si Fonny était blanc, il n'y en aurait pas du tout. »

Bon, je comprends son plan. Ce n'est pas un atout maître qu'elle veut jouer. Mais dans notre situation, il est pourtant très précieux pour une raison simple : nous n'en avons pas d'autre. Mais je comprends aussi que si nous croyions vraiment à ses chances de succès, nous pourrions très bien être assises là, calmes, décontractées, à discuter sur la façon de faire tomber la tête de Bell. Ensuite nous commanderions tranquillement un autre verre. Les gens ne savent pas.

« O.K. Mais le problème de Porto Rico ?

— C'est une des raisons pour lesquelles je voulais te parler d'abord. Avant d'en discuter avec papa et maman. Ecoute. Toi, tu ne peux pas y aller. Tu dois rester ici. Ne serait-ce que pour empêcher Fonny de se laisser gagner par la panique. Je ne vois pas comment, moi, je peux y aller. Il faut que je continue d'allumer des pétards au cul de Hayward. Un homme ? Impossible. Papa ne peut pas y aller et Frank encore moins. Il reste... maman.

— Maman... ?

— Oui.

— Elle veut pas aller à Porto Rico.

— C'est exact. Et elle a horreur de l'avion. Mais elle veut que le père de ton bébé sorte de prison. Bien sûr qu'elle ne veut pas aller à Porto Rico. Mais elle ira.

— Et que pourra-t-elle y faire, à ton avis ?

— Ce qu'aucun enquêteur spécial ne peut faire.

Elle peut réussir à *parler* à Mme Rogers. Si elle y arrive, nous serons sauvés. Sinon... eh bien, nous n'aurons rien perdu, et au moins nous saurons que nous avons essayé. »

Je l'ai regardée.

« Et Daniel ?

— Je te l'ai dit. Hayward le voit demain. Peut-être l'a-t-il même vu aujourd'hui. Il doit nous appeler ce soir. »

Je me renverse sur mon siège. « Quelle merde !

— Oui. Mais nous sommes dedans. »

Nous nous taisons. Je me rends compte soudain que le bar est très bruyant. Je regarde autour de moi. C'est un endroit sinistre et je me dis que les gens ici doivent supposer qu'Ernestine et moi sommes deux putains fatiguées, ou bien un couple de lesbiennes, ou les deux à la fois. Oui, nous sommes en plein dedans, et ça deviendra peut-être pire. C'est même — soudain, quelque chose d'aussi difficile à percevoir qu'un murmure dans une pièce pleine de gens, d'aussi léger et précis qu'une toile d'araignée, frappe sous mes côtes, fait chavirer mon cœur — probable. Mais ce coup léger, ce signal m'annonce que ce qui peut devenir pire peut aussi devenir meilleur. Oui, ça deviendra pire. Mais en se tournant pour la première fois dans son enveloppe d'eau arachnéenne, le bébé annonce sa présence et proclame ses droits sur moi ; me dit, en cet instant, que ce qui peut devenir pire peut devenir meilleur ; et ce qui peut devenir meilleur peut devenir pire. En attendant — quelle éternité ! — ça dépend de moi. Le bébé ne peut pas naître sans moi. Et bien que, en un sens, je l'aie su depuis un certain temps, maintenant le bébé le sait et me dit que ce sera certainement pire pour lui quand il sortira de cette eau protectrice, mais que ce qui peut devenir pire peut aussi devenir meilleur. Il va encore rester dans l'eau un bon bout de temps : mais il se prépare au changement. Je dois m'y préparer aussi.

J'ai dit : « D'accord. Je n'ai pas peur. »

Ernestine a souri. « Partons. »

Comme nous l'apprendrons plus tard, Joseph et Frank se sont aussi retrouvés dans un bar, et voici ce qui s'est passé entre eux.

Joseph a un certain avantage sur Frank — mais il commence seulement à le comprendre, ou plutôt à le deviner — en ce sens qu'il n'a pas de fils. Il a toujours souhaité avoir un fils ; Ernestine en a souffert plus que moi, car, à ma naissance, il s'était résigné. S'il avait eu des fils, ils seraient peut-être en prison, ou morts. Et tous les deux, assis face à face dans ce bar de Lenox Avenue, savent que c'est un miracle que les filles de Joseph ne fassent pas le trottoir. Tous les deux en savent plus long qu'ils ne le souhaiteraient, et bien plus qu'ils ne peuvent le dire, sur les désastres qui se sont abattus sur les femmes de Frank.

Frank serre son verre entre ses mains et baisse les yeux : il a un fils. Joseph boit sa bière et l'observe. Ce fils est aussi le sien maintenant, et Frank est donc son frère.

Tous les deux sont des hommes mûrs, proches de la cinquantaine.

Ni l'un ni l'autre ne le paraissent. Joseph a la peau beaucoup plus sombre que Frank, des yeux noirs enfoncés, aux paupières lourdes, un regard calme et sérieux, un front haut où bat une veine, à gauche, un front si haut qu'il fait penser à une cathédrale. Ses lèvres ont toujours un léger retroussis. Seuls ceux qui l'aiment savent quand elles expriment le rire, l'amour ou la colère. La clé se trouve dans cette veine qui bat sur son front. Les lèvres changent très peu ; les yeux, tout le temps. Quand Joseph est heureux, quand Joseph rit, il se produit une chose absolument extraordinaire : Il a l'air alors, je le jure — malgré ses cheveux grisonnants — d'avoir treize ans. Un jour, je me suis dit : heureusement que je ne l'ai pas connu quand il était un jeune homme ; et puis j'ai pensé : mais tu es sa fille, et j'ai eu un frisson : ouh !

Frank a la peau claire et il est plus mince. A mon avis, on ne peut pas dire de mon père qu'il est beau. De Frank, si. Je ne cherche pas à le rabaisser en disant ça, car son visage a payé dur cette beauté. Les gens vous font payer pour votre apparence, qui est aussi la façon dont vous vous voyez ; ce que le temps inscrit sur un visage est le récit de cet affrontement. Frank a réussi tout juste à y survivre. Son front, ridé comme la paume d'une main, est indéchiffrable ; ses épais cheveux grisonnants forment de grosses boucles sur le sommet de son front. Ses lèvres, plus minces que celles de Joseph, sont serrées l'une contre l'autre, comme s'il voulait les faire disparaître. Il a des pommettes hautes et saillantes et des yeux en amande, comme Fonny — Fonny a les yeux de son père.

Joseph ne peut certainement pas remarquer ça aussi bien que sa fille. Mais il contemple Frank en silence et le force à lever les yeux.

« Qu'est-ce qu'on va faire ? demande Frank.

— La première chose à faire, répond Joseph d'un ton résolu, est d'arrêter de nous faire personnellement, ou mutuellement, des reproches. Si nous y arrivons pas, nous sortirons jamais ce garçon de prison parce que, alors, c'est nous qui serons foutus. Et c'est pas le moment de perdre les pédales, baby. Tu vois ce que je veux dire.

— Mon vieux, demande Frank, avec un petit sourire, qu'est-ce qu'on va faire pour le fric ?

— T'en as jamais eu ? » dit Joseph.

Frank le regarde sans répondre — ses yeux seuls interrogent.

Joseph répète : « T'en as jamais eu ? »

Frank, finalement, dit : « Non.

— Alors, pourquoi tu t'inquiètes maintenant ? »

Frank continue à le regarder.

« T'as réussi à les élever, non ? Tu les as nourries, non ? Si on commence maintenant à s'inquiéter pour le fric, on est foutu et on perd nos enfants. Cet homme blanc, baby, que ses couilles se dessèchent et que son cul pourrisse, il *veut* que tu te fasses du souci pour l'argent. C'est ça, son idée.

Mais si on est arrivés jusqu'ici sans argent, on peut aller plus loin. Moi, ça me tourmente pas, le fric. Ils y ont pas droit de toute façon, ils nous l'ont volé — y a personne qu'ils aient pas essayé de tromper et de voler. Ben, moi aussi, je sais voler. Et cambrioler. Comment tu crois que j'ai pu élever mes filles ? Merde. »

Mais Frank n'est pas Joseph. Il baisse les yeux sur son verre.

« Qu'est-ce qui va se passer, à ton avis ?

— Ça dépend de nous, dit Joseph avec énergie.

— C'est facile à dire.

— Pas si nous sommes décidés. »

Suit un long silence que ni l'un ni l'autre n'ose rompre. Même le juke-box s'est tu.

« Je suppose, finit par dire Frank, que Fonny est l'être que j'aime le plus au monde. Et j'ai honte, mon vieux, parce que c'était un sacré petit bonhomme, il avait peur de rien — sauf de sa mère, peut-être. Il la comprenait pas. » Frank s'arrête. « Et je sais pas ce que j'aurais dû faire. Je suis pas une femme. Et il y a des choses que seule une femme peut dire à un enfant. Je croyais aussi qu'elle l'aimait — comme j'ai cru qu'elle m'aimait, au début. » Frank boit sa bière et s'efforce de sourire. « Je sais pas si j'ai jamais été un père pour lui — un vrai père — et maintenant le voilà en prison sans que ce soit sa faute, et je sais même pas comment je vais l'en sortir. On peut dire que j'ai des couilles !

— Lui le pense en tout cas, répond Joseph. Il t'aime, il te respecte — n'oublie pas que je suis peut-être mieux placé que toi pour le savoir. Mais je vais te dire autre chose. Ton fils est le père du bébé de ma fille. Comment peux-tu rester là à baisser les bras comme si on pouvait rien faire ? Il y a un enfant en route, mon vieux. Tu veux que je te foute une dégelée ? » Il a prononcé cette phrase avec une certaine dureté ; mais au bout d'un moment, il sourit. « Je sais, dit-il. Je sais, mais je connais des combines et tu en connais aussi ; ce sont nos enfants qui sont en prison et nous devons les sortir de là. » Joseph boit sa bière. « Alors, finissons notre verre et allons-y. On a un sacré boulot à faire, et le temps presse. »

Frank vide son verre et se redresse. « T'as raison, mon pote. Allons-y. »

La date du jugement de Fonny change sans cesse. Ce qui, paradoxalement, m'oblige à admettre que l'intérêt de Hayward pour cette affaire est sincère. Au début, je crois qu'il était plutôt tiède. Il n'avait jamais eu ce genre de client et c'est Ernestine, forte de son expérience, mais suivant surtout son instinct, qui l'avait embarqué de force dans cette affaire. Mais, une fois dedans, il a senti l'odeur de la merde ; et il a bien été obligé de continuer à remuer le bâton. Il a compris tout de suite, par exemple, que l'intérêt qu'il portait à son client — le fait même qu'il portait le moindre intérêt à cette affaire — le mettait en désaccord, en conflit avec les *gardiens du Temple.* Il ne s'était pas attendu à ça et en a été d'abord stupéfait, puis effrayé, puis irrité. Il s'est aperçu très vite qu'il se trouvait entre la carotte et le bâton : il ne pouvait pas éviter le bâton, mais il lui fallait affirmer qu'il n'était pas question pour lui d'accepter la carotte. Il s'est alors retrouvé isolé, marqué au fer rouge, et comme cette situation aggravait le danger pour Fonny, sa responsabilité s'en est trouvée accrue. Pour ne rien arranger, il devait supporter ma méfiance, Ernestine le houspillait constamment, maman ne disait pas grand-chose, et aux yeux de Joseph, il n'était qu'un de ces petits messieurs blancs nantis de diplômes.

Même si, au début, je doutais de sa sincérité, je n'ai pas ce qu'on pourrait appeler un caractère méfiant ; et, à mesure que le temps s'écoulait et que nous essayions en vain de nous cacher mutuellement notre angoisse, nous en sommes venus à dépendre de plus en plus l'un de l'autre. Au cours de ces longues semaines, de ces mois, j'ai compris que, pour Hayward, cette bataille devenait une affaire de plus en plus personnelle. Quoi de plus sordide, de plus banal, que cette histoire de viol d'une pauvre Portoricaine ignorante par un Noir ? Qu'y avait-il là de si passionnant ? Ses collègues le méprisaient et l'évitaient. Cette situation créait de nouveaux dangers, le moindre n'étant pas celui de s'apitoyer sur lui-même et de jouer les Don Quichotte. Mais Fonny offrait une présence trop réelle, et Hayward avait trop de fierté pour ça.

Malheureusement, les rôles étaient complets aux assises — il faudrait mille ans pour juger tous les gens qui s'entassent dans les prisons américaines, mais les habitants de ce pays sont d'incurables optimistes et espèrent toujours trouver le temps — et les juges compréhensifs ou simplement intelligents sont aussi rares que tempêtes de neige sous les tropiques. Il y avait aussi le sinistre pouvoir du procureur et son hostilité impitoyable. Hayward s'avançait donc sur une corde raide pour tenter de faire comparaître Fonny devant un juge qui écouterait vraiment. Pour cela, il lui fallait une bonne dose de charme, de patience, d'argent et des nerfs d'acier.

Hayward a réussi à voir Daniel ; on l'a passé à tabac. Hayward n'a pu obtenir son élargissement, car on l'a inculpé d'usage de stupéfiants. Hayward ne peut obtenir le droit de visite que s'il devient son avocat. Il le lui a proposé, mais Daniel hésite, il a peur. Hayward pense qu'on l'a aussi drogué et se demande s'il le citera comme témoin.

Voilà où nous en sommes. Maman commence à élargir mes vêtements et, pour aller travailler, je porte des pantalons et des vestes. Mais je ne pourrai pas garder mon travail très longtemps, c'est clair : il faut que je puisse aller voir Fonny le plus souvent possible. Joseph fait des heures supplémentaires, ainsi que Frank. Ernestine a dû réduire ses activités avec les enfants de son école, car elle a pris un poste de secrétaire particulière à mi-temps auprès d'une jeune actrice très riche et très excentrique dont elle projette d'utiliser les relations. Froidement, systématiquement, Joseph vole sur les quais et Frank, dans le quartier de la confection. Ils vont revendre leur butin dans Harlem ou à Brooklyn. Ils ne nous en parlent pas, mais nous le savons. Ils ne nous disent rien pour que nous ne puissions pas être accusées de complicité si les choses tournent mal. Nous ne devons pas forcer leur silence et nous n'essayons pas. Chacun des deux hommes irait volontiers en prison, ferait sauter la cervelle d'un flic ou la ville tout entière pour arracher leur progéniture à cet enfer démocratique.

Il est temps pour Sharon de préparer son voyage à Porto Rico et Hayward lui donne ses instructions : « Elle n'habite pas exactement à Santurce, mais un peu en dehors, dans ce qu'on aurait pu jadis appeler un faubourg, mais qui, maintenant, est cent fois pire que ce que nous appelons des taudis. A Porto Rico, on dit une *favella,* je crois. Je ne suis allée qu'une fois à Porto Rico, aussi je n'essaierai pas de vous décrire une *favella.* Et, à votre retour, vous n'essaierez pas non plus de le faire, j'en suis sûr. »

A la fois lointain et concentré, Hayward regarde Sharon ; il lui tend une feuille dactylographiée. « Voici l'adresse. Mais je pense que, dès votre arrivée là-bas, vous comprendrez que le mot " adresse " n'a aucun sens — ce serait plus honnête de dire : voici le coin. »

Sharon, qui porte son béret beige informe, regarde le bout de papier.

« Elle n'a pas le téléphone, dit Hayward, et de toute façon, c'est la dernière chose dont vous aurez besoin. Autant lancer des fusées éclairantes. Mais ce n'est pas difficile à trouver. Il suffit d'y aller à l'odeur. »

Ils se dévisagent.

« Et maintenant », reprend Hayward, avec son petit sourire crispé, « pour vous rendre les choses plus faciles, il faut que je vous dise que nous ne savons pas exactement sous quel nom elle vit. Son nom de jeune fille est Sanchez — mais c'est un peu comme Jones ou Smith [1]. Son nom de femme est Rogers, mais il ne doit servir que pour son passeport. Le nom de celui que nous appellerons son concubin est... » Il consulte un autre bout de papier. « ... Pietro Thomasino Alvarez. »

Il tend le papier à Sharon qui le lit.

« Emportez ça avec vous. J'espère que ça vous aidera. Elle n'a pas changé. La photo a été prise la semaine dernière. »

Sharon prend la photo qui n'est guère plus grande qu'une photo d'identité.

Je ne l'ai jamais vue. Je me penche par-dessus l'épaule de Sharon pour regarder. Elle est blonde — est-ce que les Portoricaines sont blondes ? Elle fixe l'appareil avec un sourire crispé ; mais ses yeux noirs sont vivants. Les sourcils sont noirs également et ses épaules sont nues.

« Ça a été pris dans un cabaret ? demande Sharon.

1. L'équivalent américain ou anglais de Dupont ou Durand.

— Oui », répond Hayward. Ils se regardent. Puis : « Elle travaille là ?

— Non, c'est Pietro. »

Je continue à observer le visage de ma plus mortelle ennemie.

Maman pose la photo à l'envers sur ses genoux.

« Et quel âge a ce Pietro ?

— Environ... vingt-deux ans », dit Hayward.

Et exactement comme dans le cantique, *Dieu se leva ! En un tourbillon ! Et l'esprit de tous fut bouleversé !* Le silence tomba dans la pièce. Maman se penche en avant.

« Vingt-deux ans, dit-elle, lentement.

— Oui, répond Hayward. Je crains que ce détail nous fasse entrer dans une phase brûlante du jeu.

— Qu'attendez-vous de moi exactement ? demande Sharon.

— Que vous m'aidiez.

— Bon », dit Sharon au bout d'un moment ; elle ouvre son sac, sort son portefeuille, y range soigneusement les différents papiers, le replace au fond de son sac qu'elle referme d'un geste sec. « Je partirai dans la journée de demain. Je vous appellerai ou je ferai téléphoner quelqu'un avant mon départ, pour vous tenir au courant. »

Elle se lève, nous l'imitons et nous nous dirigeons tous les trois vers la porte.

« Est-ce que vous avez une photo de Fonny ? demande Hayward.

— Moi, j'en ai une », dis-je.

Je sors mon portefeuille de mon sac. En fait, j'en ai deux, l'une où nous sommes tous les deux appuyés contre la grille de Bank Street. Sa chemise est ouverte jusqu'au nombril, il a un bras passé autour de moi et nous rions. Sur l'autre, il est seul, assis dans la maison près du tourne-disque, l'air sérieux et paisible. C'est ma photo préférée de lui.

Maman prend les photos et les passe à Hayward qui les examine. Puis il les lui rend.

« Ce sont les seules que tu as ? me demande-t-elle.

— Oui. »

Elle me rend la photo où Fonny est seul. Elle glisse l'autre dans son portefeuille qui rejoint à nouveau les profondeurs de son sac. « Celle-ci devrait aller, dit-elle. Après tout, c'est ma fille, et *elle* n'a pas été violée. » Elle serre la main de Hayward. « Souhaitez-moi bonne chance, mon garçon ; espérons que la vieille dame ne reviendra pas bredouille. »

Elle se tourne vers la porte. Mais Hayward l'arrête.

« Votre voyage à Porto Rico me fait sentir mieux que je ne l'ai été depuis des semaines. Mais... il faut aussi que je vous dise que le procureur reste en contact avec la famille Hunt — c'est-à-dire la mère et les sœurs — et leur position semble être que Fonny a toujours été un bon à rien incorrigible. »

Hayward s'interrompt et nous regarde.

« Or, si l'accusation peut obtenir que trois femmes noires respectables témoignent que leur fils et frère a toujours été un individu dangereusement associable, ce sera un coup très dur pour nous. »

Il s'arrête à nouveau et se tourne vers la fenêtre.

« En fait — et Galileo Santini n'est pas idiot — ce serait beaucoup plus efficace qu'il ne les fasse pas citer comme témoins de moralité, ainsi la défense ne pourrait pas les interroger — il lui suffira simplement de montrer au jury ces femmes dignes et pieuses écrasées de douleur et de honte. Quant au père, on le réduira à un bon à rien, un ivrogne, un triste exemple pour son fils — surtout qu'il a publiquement menacé de descendre Santini. »

Il se détourne de la fenêtre pour nous regarder.

« Je vous citerai probablement comme témoin de moralité, Sharon, ainsi que M. Rivers. Mais vous voyez ce que nous avons en face de nous. »

Sharon dit : « Il vaut mieux savoir qu'être dans le noir. »

Hayward pose sa main avec gentillesse sur l'épaule de Sharon. « Alors, essayez de ne pas rentrer bredouille. »

Je pense : et moi je m'occuperai des sœurs et de la mère. Mais je ne dis rien, juste : « Merci, Hayward. Au revoir. »

Sharon dit : « O.K. C'est compris. Au revoir. » Et nous sortons du bureau.

Je me rappelle la nuit où le bébé a été conçu parce que c'est celle qui a suivi le jour où nous avons enfin trouvé notre grenier. Ce type — il s'appelait Levy — était vraiment prêt à nous le louer, c'était pas un salaud. C'était un gars du Bronx, au teint olivâtre, aux cheveux bouclés, au visage rieur, il devait avoir trente-trois ans, avec des yeux noirs étincelants, et on lui plaisait. Il aimait les gens qui s'aimaient. Le grenier se trouvait derrière Canal Street, il était vaste et en bon état ; il avait deux grandes fenêtres sur la rue et deux autres qui ouvraient derrière sur un toit en terrasse bordé d'une main courante. Fonny aurait de la place pour travailler, et avec toutes les fenêtres ouvertes, on ne mourrait pas de chaleur en été. Nous étions surtout emballés par le toit parce qu'on pourrait y manger, y prendre un verre ou simplement rester assis le soir, l'un contre l'autre. « Merde, a dit Levy, vous sortez des couvertures et vous dormez-là. » Il a souri à Fonny. « Et vous ferez des bébés. C'est comme ça que je suis né. » Ce qui m'avait le plus frappée, c'était l'absence de gêne entre nous. Nous riions tous les trois comme de vieux amis. « Vous devriez faire quelques beaux bébés, a dit Levy, et croyez-moi, les enfants, le monde en a sacrément besoin. »

Il ne nous a demandé qu'un mois de loyer comme garantie, et la semaine suivante, je suis allée lui porter l'argent. Par la suite, quand Fonny a été arrêté, Levy a fait une chose étrange et très belle, je trouve. Il m'a téléphoné pour me dire qu'il me rendrait l'argent quand je voudrais. Mais, a-t-il ajouté, il ne louerait le grenier à personne d'autre. « Je pourrais pas. Les salauds ! Ce grenier restera vide jusqu'à ce que votre homme sorte de prison, et c'est pas simplement des paroles en l'air, mon chou. » Il m'a donné son numéro de téléphone et m'a demandé de le tenir au courant et de lui dire s'il pouvait faire quelque chose. « Je veux que vous ayez vos bébés, tous les deux. Je suis comme ça. »

Ce jour-là, il nous a montré le système multiple de clés et de serrures. Notre grenier se trouvait tout en haut, au quatrième ou au cinquième étage. Les escaliers étaient raides. Il y avait un jeu de clés pour la porte du grenier lui-même, avec des doubles serrures. Puis se trouvait la porte en haut des escaliers, qui nous isolait du reste du bâtiment.

« Mon vieux, a demandé Fonny, qu'est-ce qu'on fait en cas d'incendie ?

— Oh ! j'avais oublié ! » a dit Levy et il a déverrouillé les portes à nouveau et nous a ramenés dans le grenier. Il nous a conduits jusqu'au toit. Sur la droite, la main courante tournait et bordait une étroite coursive qui aboutissait à un escalier en fer conduisant en bas, dans une cour. Une fois dans la cour, qui semblait enclose de toutes parts par de hauts murs, le problème se poserait à nouveau, mais, au moins, on ne serait pas obligés de sauter du bâtiment en flammes. Il ne resterait plus qu'à espérer que les murs ne s'écrasent pas sur nous.

« Bon », a dit Fonny en me ramenant sur le toit, « ça me va. » Nous avons recommencé la cérémonie des clés et des serrures et nous sommes sortis dans la rue.

« Ne vous inquiétez pas des voisins, a dit Levy, après cinq heures du soir, vous n'en aurez plus. Entre vous et la rue, il n'y aura plus que des ateliers vides. »

En bas, il nous a montré comment fermer et ouvrir la porte de la rue.

« Pigé ? a-t-il demandé à Fonny.

— Pigé, a dit Fonny.

— Venez. Je vous paie un *milk-shake.* »

Nous avons bu nos *milk-shakes* au bar du coin, puis Levy nous a serré la main et nous a quittés en disant qu'il lui fallait rentrer chez lui retrouver sa femme et ses gosses — deux garçons, l'un de deux ans et l'autre de trois ans et demi. Mais avant de partir, il a dit : « Ecoutez. Je vous ai dit de ne pas vous inquiéter pour les voisins. Mais faites attention aux flics. Ils sont féroces. »

L'une des choses les plus terribles et les plus mystérieuses de la vie est qu'on n'entend un avertissement qu'après : quand c'est trop tard.

Levy nous a quittés et, main dans la main, nous avons remonté les rues larges et animées vers le Village et notre chambre. Nous étions très gais, nous riions et bavardions tout en marchant. Nous avons traversé Houston Street et pris la 6e Avenue — l'avenue des Amériques ! — avec tous ces drapeaux ridicules un peu partout. Nous avons tourné à gauche, dans Bleecker Street, car je voulais m'arrêter à un des marchés de cette rue pour acheter des tomates. Fonny me tenait par la taille. Nous sommes arrivés devant un marchand de légumes et j'ai commencé à regarder l'étalage.

Fonny déteste faire les courses. Il m'a dit : « Attends-moi une minute, je vais acheter des cigarettes », et il a tourné au coin de la rue.

J'ai commencé à choisir des tomates, je chantonnais, je m'en souviens. Puis j'ai cherché une balance pour les poser et un employé pour les peser et me dire le prix.

Fonny a raison quand il dit que je ne suis pas très futée. Lorsque j'ai senti cette main sur mes fesses, j'ai cru que c'était lui : puis je me suis rendu compte que jamais Fonny ne me toucherait ainsi en public.

Je me suis tournée, mes tomates dans les mains, et je me suis trouvée en face d'un petit gringalet italien tout luisant de brillantine.

« Alors, on aime les tomates ? Moi aussi, j'aime les petites tomates bien rondes », et il a passé sa langue sur ses lèvres et a souri.

Deux choses me sont venues à l'esprit en même temps — non, trois. La rue était pleine de monde. Fonny allait revenir d'une seconde à l'autre. J'avais envie d'écraser mes tomates sur le visage du garçon. Mais personne ne nous avait remarqués et je ne voulais pas que Fonny commence une bagarre. Un flic blanc remontait lentement la rue.

Je me suis aperçue que j'étais la seule Noire parmi des Blancs ; alors je me suis retournée et je suis entrée dans la boutique, mes tomates à la main. J'ai trouvé une balance, je les ai posées dessus et j'ai cherché quelqu'un pour les peser, afin de pouvoir payer et quitter le magasin avant le retour de Fonny. Le flic était maintenant à la hauteur du magasin, de l'autre côté de la rue ; le garçon m'avait suivie à l'intérieur.

« Eh ! petite tomate. J'aime bien les tomates, tu sais ? »

Maintenant les gens nous regardaient. Je ne savais pas quoi faire — il me fallait absolument partir avant le retour de Fonny. J'ai essayé de passer, mais le garçon m'en a empêchée. J'ai cherché des yeux quelqu'un pour me venir en aide — les gens nous dévisageaient, mais personne ne bougeait. En désespoir de cause, j'ai décidé d'appeler le flic. Mais quand j'ai voulu passer, le garçon a saisi mon bras. Ce n'était probablement qu'un pauvre drogué paumé, mais quand il a pris mon bras, je l'ai giflé et lui ai craché au visage : c'est alors que Fonny est entré.

Fonny a saisi le garçon par les cheveux, l'a renversé, puis il l'a relevé, lui a donné des coups de pied dans le ventre et l'a traîné sur le trottoir où il a continué à le frapper. Je hurlais et je m'accrochais à Fonny de toutes mes forces, car je voyais le flic qui traversait la rue en courant ; le garçon était étendu dans le caniveau, il saignait et vomissait. J'étais sûre que le flic voulait tuer Fonny ; mais il ne pourrait pas le faire si je plaçais mon corps entre lui et Fonny ; alors, de toute ma force, de tout mon amour, avec la certitude que Fonny n'allait pas me jeter à terre, moi, j'ai appuyé ma nuque contre la poitrine de Fonny et j'ai tenu ses deux poings dans mes mains. J'ai regardé le flic dans les yeux et j'ai dit : « Cet homme, là, m'a attaquée. Dans le magasin. A l'instant. Tout le monde l'a vu. »

Personne n'a dit un mot.

Le flic a regardé les gens. Puis il s'est retourné vers moi. Puis il a regardé Fonny. Je ne pouvais pas voir le visage de Fonny, mais je voyais celui du flic : il ne fallait absolument pas que je bouge ou que je laisse Fonny bouger.

« Et où étais-tu », lui a demandé le flic d'une voix ironique, « pendant que se déroulait l'incident... » Ses yeux m'ont dévisagée comme ceux du garçon tout à l'heure : « ... entre ce garçon et... ton amie ?

— Il était dans l'autre rue, j'ai dit, il achetait des cigarettes. » Je ne voulais pas que Fonny ouvre la bouche.

« C'est vrai, ça, mon garçon ? »

J'ai dit : « Il n'est pas un garçon, monsieur l'agent. »

Le flic m'a regardée, il m'a vraiment vue pour la première fois et il a aussi vu Fonny pour la première fois.

Pendant ce temps, des gens avaient remis le garçon sur ses pieds.

« Tu habites par ici ? » a demandé le flic à Fonny. J'avais toujours ma tête contre sa poitrine, mais il avait dégagé ses mains.

« Oui, a répondu Fonny, dans Bank Street », et il lui a donné son adresse.

Je savais que, d'une seconde à l'autre, Fonny allait m'écarter.

« Nous allons t'emmener au poste, mon garçon, a dit le flic, pour coups et blessures. »

Je me demande ce qui se serait passé si la propriétaire italienne de la boutique n'était pas intervenue. Elle a dit : « Pas question. Je connais ces jeunes gens. Ils viennent souvent faire des achats.

Ce que la jeune dame vous a dit est vrai. Je les ai vus arriver tout à l'heure, je l'ai vue choisir ses tomates pendant que son ami s'éloignait en disant qu'il revenait tout de suite. J'étais occupée, je n'ai pas pu la servir ; ses tomates sont encore sur la balance. Et ce petit salopard de bon à rien l'a vraiment attaquée. Il a eu exactement ce qu'il méritait. Que feriez-vous, vous, si un homme attaquait *votre* femme ? Si vous en avez une. » La foule a ricané et le flic a rougi. « J'ai vu exactement ce qui s'est passé. J'étais témoin. Et je suis prête à déposer sous serment. »

Le flic et elle se sont dévisagés.

« Drôle de façon de faire marcher un commerce, a dit le flic.

— C'est pas *vous* qui allez m'apprendre à faire marcher mon commerce, elle a répliqué. J'étais installée dans cette rue avant que vous y veniez, et j'y serai encore quand vous en partirez. » Elle a désigné le garçon maintenant assis sur le bord du trottoir, entouré de quelques amis : « Emmenez ce pauvre type où vous voulez, à Bellevue ou à Rikers' Island — ou jetez-le dans la rivière, il n'est utile à personne. Mais n'essayez pas de me faire peur *à moi. Basta !* »

Pour la première fois, je remarque que Bell a les yeux bleus et que ce qui dépasse de ses cheveux sous le képi est roux.

Il nous regarde, Fonny et moi, et passe sa langue sur ses lèvres.

La marchande rentre dans sa boutique, prend

mes tomates sur la balance et les met dans un sac. Bell fixe Fonny.

« On se retrouvera un de ces jours.

— Peut-être, dit Fonny, et peut-être pas.

— Pas si eux ou moi vous voyons les premiers », dit la marchande en revenant dans la rue. Elle me tourne vers elle et me met le sac de tomates dans les mains. Elle se tient entre Bell et moi. « Votre ami est un homme bien. Emmenez-le chez vous, loin de ces cochons pourris. » Je la regarde. Elle touche mon visage. « Ça fait longtemps que je suis en Amérique, dit-elle, et j'espère ne pas mourir ici. »

Elle rentre dans sa boutique. Fonny prend le sac de tomates et le coince dans le creux de son bras ; il passe l'autre autour du mien, nos doigts s'enlacent. Nous nous éloignons lentement, vers notre chambre.

« Tish », dit Fonny d'une voix très calme — trop calme.

Je devine ce qu'il va dire.

« Oui ?

— N'essaie jamais plus de me protéger. Ne refais jamais ça. »

Je sais que ce n'est pas la chose à dire : « Mais tu essayais de *me* protéger. »

Il reprend, toujours avec le même calme effrayant : « Ce n'est pas la même chose, Tish. »

Brusquement, il prend le sac de tomates et les jette de toutes ses forces contre le mur. Dieu merci, le mur est nu, Dieu merci, il commence à faire nuit. Dieu merci, les tomates, ça s'écrase sans bruit.

Je comprends ce qu'il veut dire. Je sais qu'il a

raison. Je sais que je ne dois pas répondre. Dieu merci, il n'a pas lâché ma main. Je baisse les yeux vers le trottoir, que je ne distingue pas. J'espère que Fonny ne verra pas mes larmes.

Mais il les voit.

Il s'arrête, me tourne vers lui et m'embrasse. Il s'écarte de moi, me regarde et recommence à m'embrasser.

« Ne crois pas que je ne sais pas que tu m'aimes. Tu penses qu'on s'en sortira ? »

Je me calme. Il y a des larmes sur son visage, les siennes ou les miennes, je ne sais pas. Je l'embrasse là où les larmes coulent. Je veux parler, mais il pose un doigt sur mes lèvres. Il a son petit sourire.

« Chut ! Ne dis rien. Je t'emmène dîner. Au restaurant espagnol, tu te souviens ? Seulement, aujourd'hui, ils nous feront crédit. »

Il sourit, je souris et nous reprenons notre marche.

« Nous n'avons pas d'argent », dit Fonny à Pedrocito quand nous entrons, « mais nous avons très faim. J'aurai de l'argent dans quelques jours.

— Dans quelques jours, répète Pedrocito d'une voix furieuse, « c'est ce qu'ils disent tous ! Et en plus... » Il se frappe le front de l'index, d'un geste incrédule : « ... je suppose que vous aimeriez manger *assis !*

— Eh bien oui, dit Fonny rayonnant, si vous pouviez arranger ça, ce serait parfait.

— A une *table*, sans doute ? » Il contemple Fonny comme s'il ne pouvait pas en coire ses yeux. « Eh bien... j'aimerais... une table... oui.

— Ah ! » Il s'interrompt. « Bonsoir, Señorita. » Pedrocito maintenant est tout sourire pour moi. « C'est pour elle que je le fais, vous savez, il informe Fonny. Il est clair que vous ne la nourrissez pas assez. » Il nous conduit à une table et nous installe. « Et, maintenant, vous désireriez probablement deux *margheritas ?* grogne-t-il.

— Vous avez encore deviné », dit Fonny. Pedrocito et lui éclatent de rire et Pedrocito disparaît dans la cuisine.

Fonny prend ma main.

« Bonjour », dit-il.

Je dis : « Bonjour.

— Je ne veux pas que tu sois triste à cause de ce que je t'ai dit tout à l'heure. Tu es une chic fille, très courageuse, et je sais que sans toi ma cervelle s'étalerait peut-être sur le trottoir à cette heure-ci. »

Il s'arrête et allume une cigarette. Je l'observe.

« Je ne voulais pas dire que ce que tu avais fait était mal. C'était la seule chose que tu pouvais faire, je suppose. Mais il faut que tu comprennes où je veux en venir. »

Il reprend ma main.

« Nous vivons dans un pays de porcs et d'assassins. Je suis paniqué chaque fois que je te perds de vue. Et peut-être que c'était ma faute tout à l'heure parce que je n'aurais jamais dû te laisser seule dans ce magasin — mais j'étais tellement heureux, tu comprends, à cause du grenier... — Je ne pensais pas que...

— Fonny, je suis déjà allée cent fois dans cette boutique et il ne s'est jamais rien passé. Je dois me débrouiller toute seule. Tu ne peux pas toujours m'accompagner. Ce n'était pas *ta* faute. C'était seulement un drogué paumé...

— Un Américain blanc paumé, dit Fonny.

— D'accord. Mais ce n'est pas ta faute. »

Il me sourit.

« Ils nous tiennent, baby. C'est dur, mais je veux que tu comprennes qu'ils peuvent nous séparer en me mettant dans une merde de ce genre — ou qu'ils peuvent essayer de nous diviser en t'amenant à me protéger. Tu vois ce que je veux dire ?

— Oui, dis-je finalement, je vois ce que tu veux dire, et je sais que c'est vrai. »

Pedrocito revient avec nos margheritas.

« Nous avons une spécialité ce soir, annonce-t-il, très, *très* espagnole ; nous l'essayons sur tous nos clients qui pensent que Franco est un grand homme. » Il regarde Fonny d'un air perplexe. « Vous ne répondez pas tout à fait à cette définition, je suppose ; alors pour vous, je ne mettrai pas d'arsenic. Sans l'arsenic, c'est un peu moins fort, mais ça reste très bon, je crois que vous l'aimerez. Vous me faites confiance ? De toute façon, ce serait idiot de ma part de vous empoisonner avant que vous ayez réglé votre *énorme* addition. Nous ferions faillite. » Il se tourne vers moi. « Vous me faites confiance, Señorita ? Je vous assure que nous la préparerons avec amour.

— Attention à ce que tu dis, mon pote, dit Fonny.

— Oh ! votre esprit est comme un égout, vous ne méritez pas une fille aussi belle. » Et il repart.

« Ce flic, dit Fonny, ce flic.

— Quoi, ce flic ? » Mais soudain, sans savoir pourquoi, je me sens devenir aussi lourde et froide qu'une pierre : j'ai peur.

« Il va essayer de me coincer.

— Comment ? Tu n'as rien fait. La dame italienne l'a dit, et elle est prête à témoigner.

— C'est pour ça qu'il va essayer de me coincer. Les hommes blancs n'aiment pas du tout qu'une dame blanche leur dise : " Vous êtes un tas de merde, le type noir avait raison et je vous emmerde. " » Il sourit. « Parce que c'est ça qu'elle lui a dit. Devant tout le monde. Et il a rien pu faire. Alors il risque pas d'oublier.

— D'accord. Mais nous allons bientôt déménager. Dans notre grenier.

— C'est vrai. » Il sourit de nouveau. Pedrocito arrive avec nos spécialités.

Quand deux personnes s'aiment, quand elles s'aiment vraiment, tout ce qui se passe entre elles prend une dimension sacramentelle. Elles peuvent parfois être séparées : je ne connais pas de tourment plus grand, de vide plus assourdissant — *quand votre amant est parti !* Mais ce soir-là, avec notre union si mystérieusement menacée, avec la conscience aiguë que nous en avions — bien qu'ayant chacun un point de vue différent — nous nous sentions profondément ensemble, plus que nous ne l'avions jamais été. *Prenez soin l'un de l'autre,* avait dit Joseph. *Vous allez découvrir que c'est plus qu'une formule.*

Après le dîner, et le café, Pedrocito nous a offert un cognac, puis nous a laissés dans le restaurant, maintenant presque vide. Nous sommes restés là, à siroter notre cognac, échangeant quelques paroles, nos mains jointes — bien ensemble. Nous avons fini notre cognac et Fonny a dit : « Nous partons ? — Oui. » J'avais envie d'être seule avec lui, dans ses bras.

Il a signé l'addition : la dernière qu'il devait recevoir ici. Ils ne m'ont jamais permis de la régler. Elle s'était égarée, paraît-il.

Nous avons dit bonsoir et nous sommes rentrés chez nous, enlacés.

Il y avait une voiture de police, de l'autre côté de la rue, à la hauteur de la maison. Quand Fonny a ouvert la porte, elle est partie. Fonny a souri sans rien dire. Je n'ai rien dit non plus.

Le bébé fut conçu cette nuit-là. Je le sais. Je le sais à cause de la façon dont Fonny me toucha, me tint dans ses bras, me pénétra. Je n'avais jamais été aussi ouverte. Quand il voulut se retirer, je le retins, je m'accrochai à lui de toutes mes forces en pleurant et en gémissant, je suivais ses mouvements et je sentis la vie, la vie, sa vie m'inonder, se loger en moi.

Après, nous restâmes immobiles. Nous ne pouvions pas bouger. Nous étions si étroitement serrés que nous ne formions plus qu'un seul corps. Fonny me caressa, prononça mon nom et s'endormit. J'étais fière. J'avais franchi le pas. Maintenant, nous n'étions plus qu'un.

Sharon arrive à Porto Rico par un avion du soir. Elle sait exactement combien d'argent elle a, ce qui signifie qu'elle sait de quel délai elle dispose dans sa course contre le temps — qui joue inexorablement contre elle.

Avec des centaines d'autres personnes, elle descend de l'avion, traverse la piste sous le ciel bleu-noir ; les étoiles accrochées bas dans ce ciel, l'air tiède qui caresse sa peau lui rappellent ce Birmingham qu'elle n'a pas revu depuis si longtemps. Elle a seulement apporté un sac de voyage et n'a pas besoin d'attendre pour les valises. Hayward lui a réservé une chambre dans un petit hôtel de San Juan et a écrit l'adresse sur un bout de papier.

Il l'a aussi avertie qu'elle aurait peut-être du mal à trouver un taxi.

Mais il n'a pas pu la préparer à la pagaille indescriptible qui règne à l'aéroport de San Juan. Sharon s'immobilise un instant pour essayer de faire le point.

Elle porte une robe d'été verte, ma mère, et une capeline en toile verte ; son sac à main en bandoulière, son sac de voyage à la main, elle étudie la situation.

Sa première impression est que tous les gens ici semblent apparentés. Ce n'est pas à cause de leur aspect ; ce n'est pas non plus un problème de langage ; cela vient de la façon dont ils se comportent entre eux. Il y a beaucoup de couleurs de peau ici, mais, dans l'aéroport du moins, cela ne semble pas avoir beaucoup d'importance. Pour parler, il faut crier — c'est la seule manière de se faire entendre ; et chacun paraît décidé à se faire entendre. Impossible de deviner qui part, qui arrive. Des familles entières occupent apparemment les lieux depuis des semaines, toutes leurs richesses entassées autour d'elles — non que, note Sharon, les piles soient très hautes. Quant aux enfants, ils semblent avoir trouvé dans l'aéroport un terrain de jeux idéal.

Les problèmes de Sharon sont réels et sérieux. Comme elle ne peut pas les laisser devenir dramatiques, il lui faut s'appuyer sur l'illusion qu'elle peut créer : le secret de l'illusion est la complicité. Le monde voit ce qu'il souhaite voir ou, quand les dés sont lancés, ce que vous voulez qu'il voie : mais il ne désire pas savoir qui vous êtes, ce que vous êtes, et pourquoi. Seule Sharon sait qu'elle est ma mère, elle seule sait ce qu'elle vient faire à San Juan où personne ne l'attend. Avant que l'on se pose trop de questions sur elle, elle doit affirmer son personnage de touriste — venue d'Amérique du Nord ; et qui, ce n'est pas sa faute, ne parle pas espagnol.

Elle se dirige vers le comptoir de Hertz et sourit avec insistance à l'une des jeunes femmes.

« Est-ce que vous parlez anglais ? » lui demande Sharon.

Désireuse de manifester son savoir, la jeune femme la regarde d'un air alerte.

Sharon lui tend l'adresse de l'hôtel. La jeune femme l'examine, puis regarde Sharon. Son expression fait comprendre à Sharon que Hayward a eu l'habileté et la prévenance de la loger dans un hôtel respectable et respecté.

« Excusez-moi de vous ennuyer, dit Sharon, mais je ne parle pas espagnol et j'ai dû venir ici de façon imprévue. » Elle s'arrête, sans donner d'explication. « Je ne sais pas conduire. Je me demandais si je pourrais louer une voiture avec chauffeur, ou, sinon, si vous pourriez me dire comment trouver un taxi... ? » Elle a un geste d'impuissance. « Vous comprenez... ? »

Elle sourit. La jeune femme sourit. Elle consulte à nouveau le papier avec l'adresse, puis parcourt l'immense hall du regard.

« Un moment, Señora », dit-elle.

Elle décroche son téléphone, ouvre la petite porte à battant qui ferme son comptoir et disparaît.

Elle revient très vite, avec un garçon d'environ dix-huit ans. « Voici votre chauffeur de taxi, dit-elle. Il vous conduira où vous allez. » Elle lit l'adresse à haute voix et rend le papier à Sharon. Elle sourit. « J'espère que votre séjour sera agréable, Señora. Si vous avez besoin de quelque chose... permettez-moi. » Elle tend sa carte à Sharon. « Je vous en prie, n'hésitez pas à m'appeler.

— Merci, dit Sharon. Merci beaucoup. Vous avez été merveilleuse.

— De rien. Jaime, dit-elle d'un ton autoritaire, prends le sac de la dame. »

Jaime s'exécute et, après avoir dit au revoir, Sharon le suit.

Sharon pense : *Et d'un !* et commence à avoir peur.

Mais elle ne peut pas se permettre d'hésiter. Pendant le trajet jusqu'à la ville, elle décide — puisqu'il est là — de se faire un ami de Jaime et de compter sur lui, ou du moins de lui donner cette impression. Il connaît la ville et il sait conduire. Il est terriblement jeune, c'est vrai. Mais ça peut se révéler un avantage. Quelqu'un de plus âgé, ayant plus d'expérience, rendrait sa démarche plus difficile. L'idée de Sharon est de repérer la boîte de nuit, de voir Pietro, et si possible Victoria, sans leur parler. Mais ce n'est pas facile pour une femme seule, noire ou blanche, de se rendre sans escorte dans une boîte de nuit. D'ailleurs, pour ce qu'elle en sait, c'est peut-être un bordel. La seule solution, c'est de jouer les touristes américaines naïves — mais elle est noire, et nous sommes à Porto Rico.

Elle seule sait qu'elle est ma mère, et qu'elle sera bientôt grand-mère ; elle seule sait qu'elle a plus de quarante ans ; elle seule sait ce qu'elle fait ici.

En arrivant à l'hôtel, elle donne un pourboire à Jaime. Puis, tandis qu'on porte son sac dans le hall de l'hôtel, elle regarde soudain sa montre : « Mon Dieu, dit-elle, est-ce que vous pourriez attendre une minute, le temps que je remplisse la fiche ? Je ne me rendais pas compte qu'il était si tard. J'ai promis à quelqu'un de le voir. J'en ai pour une minute. Le garçon s'occupera de mes bagages. Est-ce que ça vous convient ? »

Jaime est un garçon au teint plutôt terreux, aux yeux brillants, au sourire maussade. Cette dame nord-américaine l'intrigue au plus haut point — elle l'intrigue parce qu'il sait, hélas ! par expérience, qu'elle a certainement des ennuis et ne dit pas la vérité, mais qu'elle ne lui veut pas de mal. Il comprend qu'elle a besoin de lui — et de son taxi — pour quelque chose ; mais ça ne le regarde pas. Il ne sait pas qu'il sait — l'idée n'a pas atteint le niveau conscient de son esprit — mais il sait qu'elle est mère. Il en a une. Il sait reconnaître une mère quand il en voit une. Sans le savoir non plus, il sait qu'il peut lui être utile ce soir. La courtoisie de Jaime est aussi réelle que les ennuis de Sharon. Aussi répond-il gravement que bien sûr il conduira la Señora où elle voudra et l'attendra aussi longtemps qu'elle le désirera.

Sharon triche un peu. Après avoir rempli sa fiche, elle monte dans l'ascenseur avec le garçon et lui donne un pourboire. Elle n'arrive pas à décider si elle gardera son chapeau ou non. Elle a un problème à la fois trivial et important, mais qu'elle n'avait jamais eu à affronter avant. Ce problème est qu'elle ne paraît pas son âge. Elle enlève le chapeau, le remet. Est-ce que le chapeau la rajeunit ou la vieillit ? A New York, elle paraît son âge (quel qu'il soit) parce que tout le monde autour d'elle le sait. Elle paraît son âge parce qu'elle connaît le rôle qui est le sien. Mais, ici, elle se retrouve seule pour la première fois en vingt ans, dans une ville inconnue, et s'apprête à se rendre dans un cabaret. Elle met le chapeau, l'enlève. Consciente qu'elle est au bord de la panique, elle jette le chapeau sur la table de chevet, se frictionne le visage à l'eau froide avec autant d'énergie qu'elle mettait à récurer le mien jadis, passe une blouse blanche à col montant, une jupe noire et des escarpins noirs, tire cruellement ses cheveux en arrière en un chignon serré et jette un châle noir sur ses épaules et sa tête. Tout cela pour se vieillir. Le résultat est qu'elle a l'air d'une jeune fille. Sharon jure de rage, mais le taxi attend. Elle saisit son sac à main, court jusqu'à l'ascenceur, traverse rapidement le hall et rejoint le taxi. En tout cas, lui disent les yeux brillants de Jaime, elle a l'air d'une touriste yankee — ou du moins *gringo*.

La boîte de nuit se dresse sur ce qui devait jadis être un bras mort de fleuve, sinon un marécage, avant que l'on construise l'immense hôtel qui l'abrite. Celui-ci est si monstrueusement hideux, si criard, d'une rigidité si cruelle qu'en comparaison, la simple vulgarité apparaît comme un état de grâce à jamais perdu. Maintenant Sharon a vraiment peur, ses mains tremblent. Elle allume une cigarette.

« Il faut que je trouve quelqu'un, dit-elle à Jaime. Ce ne sera pas long. »

Elle ne peut évidemment pas savoir qu'en ce moment, toute la police de la ville aurait du mal à faire partir Jaime. Sharon est devenue sa propriété. Il sait que cette dame a de graves ennuis, qui ne sont pas ordinaires : car c'est une vraie dame.

« Certainement, Señora », dit Jaime en souriant ; il sort du taxi et lui ouvre la portière.

« Merci », dit Sharon, et elle se dirige vers les portes grandes ouvertes de l'hôtel. Pas de portier en vue. Mais il y en a sûrement un à l'intérieur.

Maintenant, il lui faut suivre son inspiration. Ce qui soutient ma mère, qui, jadis, avait voulu être chanteuse, c'est la connaissance intime qu'elle a des raisons de sa présence ici.

En fait, elle se retrouve dans le hall de l'hôtel, avec le tableau des clés et du courrier, la caisse, la réception, les employés au regard vide (ce sont surtout des Blancs au teint très pâle). Personne ne fait attention à elle. Elle s'avance comme si elle savait exactement où elle va. Le cabaret se trouve sur la gauche, en bas. Elle tourne donc à gauche et descend l'escalier.

Personne ne l'a encore arrêtée.

« Señorita... ? »

Elle n'a jamais vu de photo de Pietro. L'homme qui est devant elle a le teint bistré et des manières affables. La lumière est trop faible (et le cadre trop peu familier) pour que Sharon devine son âge, mais il n'a pas l'air hostile. Sharon sourit.

« Bonsoir. J'espère que je ne me trompe pas d'endroit. C'est bien le ... ? » Elle prononce en hésitant le nom du cabaret.

« Sí, Señorita.

— Bon. Je dois retrouver un ami ici, mais le vol que je comptais prendre était plein et j'ai dû voyager par l'avion précédent. Je suis donc un peu en avance. Pourriez-vous me mettre à une table, dans un petit coin ?

— Certainement. Avec plaisir. » Il la conduit à travers la salle pleine de clients. « Quel est le nom de votre ami ? »

Son esprit se vide. Il faut qu'elle se jette à l'eau.

« En fait, c'est plutôt un rendez-vous d'affaires.

J'attends un certain Señor Alvarez. Je suis Mme Rivers, de New York.

— Merci. » Il l'installe à une table, le dos au mur.

« Prendrez-vous quelque chose en attendant ?

— Oui. Merci. Un vodka-orange. »

L'inconnu s'incline et s'éloigne.

Et de deux ! se dit Sharon. Elle est maintenant très calme.

C'est une boîte de nuit, et à l'orchestre, ça « chauffe ». Sharon se rappelle l'époque où elle vivait avec son batteur, l'époque où elle était chanteuse. Mais comme elle me l'expliquera beaucoup plus tard, ces souvenirs ne se colorent d'aucun regret. Le batteur et elles ont pris des routes différentes, c'est tout ; elle n'était pas faite pour être chanteuse. Pourtant, elle se rappelle ce qu'ils essayaient de faire, avec l'orchestre, elle sait ce qu'ils cherchaient à atteindre. Si je me souviens de *Jour serein* parce que je me revois assise sur les genoux de ma mère quand j'ai entendu ce chant pour la première fois, elle se souvient de *Mon Seigneur et moi : Nous avançons ensemble, mon Seigneur et moi*, parce que, pour elle, ce chant représente Birmingham, son père, sa mère, la cuisine, la mine. Elle n'a peut-être jamais aimé ce cantique particulièrement, mais elle en connaît le sens, il fait partie d'elle-même. Peu à peu, elle se rend compte que c'est ce cantique, avec des paroles différentes, que chantent les jeunes gens de l'orchestre, ou plutôt qu'ils braillent. Ils ignorent tout du chant qu'ils interprètent : ce qui amène Sharon à se demander s'ils en savent plus long sur eux-mêmes. C'est la première fois depuis longtemps que Sharon se retrouve seule. Mais c'est une solitude surtout physique, qu'elle connaît aussi, par exemple, quand elle fait des achats pour sa famille. Quand elle achète, elle doit écouter, regarder, dire oui à ceci, non à cela, elle doit choisir : elle a une famille à nourrir. Elle ne peut pas empoisonner les siens, car elle les aime. Et, maintenant, elle se trouve en train d'écouter des sons qu'elle n'avait jamais entendus auparavant. Si c'était des choses à manger, elle ne pourrait pas les ramener à la maison et les poser sur la table familiale, car ils ne nourriraient pas les siens. *Ma gosse et moi !* crie le chanteur de rock anémique en se torturant pour atteindre un orgasme électronique. Mais quiconque a déjà eu un amant, un père, une mère, ou un Seigneur, ne donnerait pas cette impression désespérée de masturbation. Car c'est du désespoir que Sharon entend, et, qu'on puisse ou non le poser sur la table familiale, on doit respecter le désespoir. Il peut rendre un être monstrueux, il peut aussi l'ennoblir : et ces jeunes sont prêts à se donner à qui veut les prendre. Sharon les applaudit, car elle prie pour eux. Sa vodka-orange arrive et elle sourit à un visage invisible. Elle boit lentement. Soudain, elle se raidit : les musiciens se préparent pour leur chanson suivante et un nouveau visage qu'elle ne peut pas distinguer apparaît devant elle.

L'orchestre attaque très fort *I Can't Get No Satisfaction.*

« C'est vous, madame Rivers ? Vous m'attendez ?

— Oui. Asseyez-vous, je vous en prie. »

Il s'assied en face d'elle. Maintenant, elle le voit.

Une nouvelle fois — en pensant à moi, à Fonny, au bébé, furieuse de se sentir aussi maladroite, consciente d'être encerclée, prise au piège, le dos au mur, alors que lui est libre — elle doit se jeter à l'eau.

« On m'a dit qu'un certain monsieur Pietro Alvarez travaillait ici. Etes-vous Pietro Alvarez ? »

Elle le voit, et pourtant elle ne le voit pas.

« Peut-être. Que lui voulez-vous ? »

Sharon a envie d'une cigarette, mais elle a peur que sa main tremble. Elle prend son verre à deux mains et boit lentement, bénissant le ciel pour le châle qu'elle peut utiliser pour dissimuler son visage. Car si elle peut le voir, lui peut la voir aussi. Elle reste un instant silencieuse. Puis elle pose son verre et prend une cigarette.

« Puis-je avoir du feu, s'il vous plaît ? »

Il lui tend son briquet. Elle retire son châle.

« Ce n'est pas vraiment M. Alvarez que je veux voir. Je désire rencontrer Mme Victoria Rogers. Je suis la future belle-mère de l'homme qu'elle a accusé de l'avoir violée et qui se trouve maintenant en prison à New York. »

Ils se regardent. Elle commence à le voir.

« Eh bien, madame, vous avez un drôle de gendre, permettez-moi de vous le dire.

— J'ai aussi une drôle de fille. Permettez-*moi* de vous le dire aussi. »

La moustache qu'il a fait pousser pour se vieillir tressaute. Il passe la main dans son épaisse chevelure noire.

« Ecoutez. La gosse en a bavé. Plus que ce qu'il faut. Fichez-lui la paix.

— Un homme va mourir pour un crime qu'il n'a pas commis. Pouvons-nous lui ficher la paix, à *lui ?*

— Qu'est-ce qui vous fait croire qu'il ne l'a pas fait ?

— *Regardez-moi !* »

Les jeunes musiciens achèvent un morceau et s'en vont, immédiatement relayés par le juke-box qui joue *I Can't Stop Loving You,* de Ray Charles.

« Pourquoi voulez-vous que je vous regarde ? »

Le serveur s'approche.

« Que désirez-vous boire ? Señor ? » Sharon écrase sa cigarette et, aussitôt, en allume une autre.

« C'est moi qui paie. Pour moi, comme d'habitude. Sers la même chose à la dame. »

Le serveur s'éloigne.

« Regardez-moi.

— Je vous regarde.

— Pensez-vous que j'aime ma fille ?

— Franchement, il est difficile de croire que vous avez une fille.

— Je vais bientôt être grand-mère.

— De... ?

— Oui. »

Il est jeune, très jeune, et en même temps, très vieux ; mais pas de la façon qu'elle pensait. Elle s'était attendue au vieillissement de la corruption. Elle se trouve devant celui de la souffrance, devant le tourment.

« Pensez-vous que je laisserais ma fille épouser un homme qui viole les femmes ?

— Vous pouvez ne pas le savoir.

— Regardez-moi encore. »

Il la regarde. Mais ça ne l'aide pas.

« Ecoutez. Je n'y étais pas. Victoria jure que c'était lui. Elle en a bavé, baby, elle en a vraiment bavé, et je ne veux pas qu'elle en bave encore ! Je suis désolé, madame, mais je me moque de ce qui peut arriver à votre fille... » Il s'arrête. « Elle va avoir un bébé ?

— Oui.

— Que voulez-vous de moi ? Vous ne pouvez pas nous ficher la paix ? C'est tout ce que nous demandons. »

Sharon ne dit rien.

« Ecoutez. Je suis pas Américain. Vous avez tous ces avocats et ces hommes de loi, là-bas, pourquoi venez-vous me trouver ? Merde... je suis désolé, mais moi, je suis rien. Je suis un Indien, un macaroni, un métèque, un nègre... y a le choix. J'ai mon petit boulot qui marche ici, et j'ai Victoria, alors je veux plus qu'on vienne l'emmerder ; je suis désolé, madame, mais je peux rien faire pour vous. »

Il se lève — il ne veut pas pleurer devant elle. Sharon lui prend le poignet. Il se rassied, le visage caché par sa main.

Sharon sort son portefeuille.

« Pietro... je vous appelle ainsi, car je pourrais être votre mère. Mon gendre a votre âge. »

Il appuie son visage sur sa main et la regarde. Sharon lui tend la photo de Fonny et moi devant la grille.

« Regardez ça. »

Malgré lui, il regarde.

« Avez-vous déjà violé une femme ? »

Il lève les yeux.

« Répondez-moi. Avez-vous déjà violé une femme ? »

Dans le visage impassible, les yeux noirs, qui plongent droit dans ceux de ma mère maintenant, donnent à ce visage un éclat électrique, allument un incendie dans l'obscurité d'une colline lointaine : il a entendu la question.

« Non.

— Pensez-vous que je suis venue ici pour vous faire souffrir ?

— Non.

— Croyez-vous que je suis une menteuse ?

— Non.

— Croyez-vous que je suis folle ? ... Nous sommes tous un peu fous, je sais. Mais *vraiment* folle ?

— Non.

— Alors je vous en prie, emmenez cette photographie chez vous, montrez-la à Victoria et demandez-lui de l'examiner soigneusement. Prenez-la dans vos bras. Faites-le. Je suis une femme. Je sais qu'elle a été violée, et je sais... bon... je sais ce que savent les femmes. Mais je *sais* aussi qu'Alonzo ne l'a pas violée. Je vous le dis parce que je sais que vous savez ce que savent les hommes. *Prenez-la dans vos bras.* » Un instant, leurs regards se fixent. « Et... appelez-moi demain, s'il vous plaît. » Elle lui donne le nom et le numéro de téléphone de l'hôtel. Il le note. « Vous le ferez ? »

Il la regarde, d'un regard dur et froid maintenant. Il regarde le numéro de téléphone, la photo. Il repousse les deux vers Sharon.

« Non », dit-il, et il s'en va.

Sharon reste assise. Elle écoute la musique. Elle observe les danseurs. Elle se force à finir ce second verre dont elle n'avait pas envie. Elle n'arrive pas à croire à la réalité de ce qui se passe. Elle allume une cigarette. Elle est terriblement consciente, non seulement de sa couleur, mais du fait que, devant tant de témoins, sa position, ambiguë quand elle est entrée, est maintenant tout à fait claire : le garçon de vingt ans qu'elle est venue retrouver de si loin vient de la repousser publiquement. Elle a envie de pleurer. Elle a aussi envie de rire. Elle fait signe au serveur.

« Sí... ?

— Combien vous dois-je ? »

Le serveur paraît stupéfait. « Mais rien, Señora. Señor Alvarez s'en est chargé. »

Elle ne lit ni pitié ni mépris dans ses yeux. Elle en est tellement surprise que les larmes lui montent aux yeux. Pour les cacher, elle incline la tête et arrange son châle. Le serveur s'éloigne. Sharon laisse un billet de cinq dollars sur la table et se dirige vers la porte. L'homme affable de tout à l'heure la lui ouvre.

« Merci Señora. Bonne nuit. Votre taxi vous attend. J'espère que vous reviendrez.

— Merci », dit ma mère en souriant, et elle monte les escaliers.

Elle traverse le hall. Jaime est appuyé contre son

taxi. Quand il la voit, son visage s'éclaire ; il lui ouvre la portière.

« A quelle heure aurez-vous besoin de moi demain ? demande-t-il.

— Est-ce que neuf heures est trop tôt ? »

Il rit. « Oh non ! Je suis toujours debout avant six heures. »

La voiture démarre.

« Parfait », dit Sharon. Et elle se plonge dans ses pensées.

Le bébé commence à bouger et me réveille la nuit. Avec maman à Porto Rico, c'est Ernestine et Joseph qui s'occupent de moi. Je ne veux pas abandonner mon travail parce que je sais que nous avons besoin de mon salaire. Mais ça me fait souvent manquer la visite de six heures.

Il me semble que si j'arrête de travailler, cette visite de six heures ne prendra jamais fin. J'explique ça à Fonny et il dit qu'il comprend. Mais comprendre ne l'aide pas quand arrive six heures. Vous avez beau comprendre, vous ne pouvez pas vous empêcher d'espérer : qu'on va appeler votre nom, qu'on vous sortira de votre cellule pour vous conduire en bas. Si vous avez des visites, ou même une seule, mais qu'elle est régulière, vous savez que quelqu'un à l'extérieur tient à vous. Et cela vous aide à passer la nuit, à affronter le jour suivant. Aussi bien que vous compreniez, quoi que vous vous disiez, si personne ne vient vous voir, vous broyez du noir : et ici, cela signifie que vous êtes en danger.

Joseph me le dit très clairement, un dimanche matin. J'ai eu des nausées particulièrement violentes ce matin-là et Joseph a dû s'occuper de moi, car Ernestine avait un travail urgent chez son actrice. Je n'arrive pas à imaginer ce que fait cette chose dans mon ventre, mais elle semble posséder des pieds maintenant. Parfois, elle reste tranquille, pendant des jours à la file, elle dort peut-être ou, plus probablement, elle trame quelque chose — son évasion. Puis elle se retourne, baratte l'eau, elle s'ennuie mortellement dans cet élément et voudrait en sortir. Nous commençons à avoir un dialogue plutôt acerbe, cette chose et moi — elle donne un coup de pied et je laisse tomber un œuf sur le parquet, elle bouge et, soudain, la cafetière se renverse sur la table, un autre coup de pied et le parfum que j'ai vaporisé sur ma main remplit ma bouche de salive amère et ma main libre pèse si fort sur le verre épais du comptoir que j'ai peur de le briser. Bon Dieu ! Sois patiente. Je fais de mon mieux — elle donne un nouveau coup de pied, ravie d'avoir obtenu une réaction aussi furieuse. Tiens-toi tranquille. Alors, épuisée, ou, comme je le suspecte, par pure malice, elle est tranquille, satisfaite d'avoir couvert mon front de sueur, de m'avoir fait vomir mon déjeuner et courir quatre ou cinq fois — en vain — aux toilettes. Mais elle est très astucieuse, elle veut vivre : elle ne bouge jamais quand je prends le métro ou quand je traverse une rue. Elle devient aussi de plus en plus lourde, ses exigences se font d'heure en heure plus fortes. Elle proclame ses droits. Elle me dit qu'elle m'appartient moins — encore qu'elle ait un autre style de coup de pied, plus doux, en général la nuit, qui signifie qu'elle veut bien m'appartenir, que nous deviendrons peut-être très attachées l'une à l'autre — que je ne lui appartiens. Soudain, la voilà qui recommence à se déchaîner comme Mohammed Ali, et moi je chavire.

Je ne reconnais plus mon corps du tout ; il devient absolument informe. J'essaie de ne pas le regarder parce que je doute qu'il s'agisse du mien. Bien plus, il m'arrive d'enlever des vêtements le soir et ne pas pouvoir rentrer dedans le lendemain matin. Je ne peux plus porter de talons hauts ; ils me déséquilibrent aussi profondément que la perte d'un œil déforme la vision. Je n'ai jamais eu de seins ou de hanches, mais je commence à en avoir. Il me semble que je grossis à la vitesse de cent kilos par heure et je n'ose pas envisager de quoi j'aurai l'air quand cette chose en moi donnera son ultime coup de pied. Seigneur ! Et, pourtant, nous commençons à nous connaître, cette chose, cette créature, et moi. Parfois, nous sommes très, très amies. Elle veut me parler et je dois apprendre à écouter — sinon, je ne saurai pas quoi lui dire quand elle sera là. Et Fonny ne me le pardonnerait jamais. Après tout, c'est moi qui ai voulu ce bébé, plus que lui. D'ailleurs, quelque part, très profond et au-delà de mon tourment, je suis très heureuse. Je ne peux guère plus fumer. La chose y a veillé. Je me suis prise de passion pour le cacao et les beignets aux pommes et seul le cognac garde encore quelque goût pour moi. De temps en temps, Ernestine en rapporte tranquillement quelques bouteilles de chez son actrice. « Elle ne s'en apercevra même pas. La façon dont ces gens boivent ! »

Ce dimanche matin-là, Joseph me sert ma troisième tasse de cacao, les deux autres ayant été rapidement expulsées par un coup de pied, et s'assied en face de moi, le visage grave.

« Tu veux que ton bébé naisse, ou non ? »

Son regard, sa voix me terrifient.

« Oui.

— Et tu aimes Fonny ?

— Oui.

— Alors, je suis désolé, mais il va falloir que tu quittes ton travail. »

Je l'observe.

« Je sais que tu te fais du souci pour l'argent. Mais laisse-moi m'en charger. J'ai plus d'expérience. De toute façon, tu gagnes pas grand-chose. Tout ce que tu fais c'est t'épuiser et torturer Fonny. Si tu continues comme ça, tu vas perdre ce bébé. Si tu perds ce bébé, Fonny n'aura plus envie de vivre et tu seras perdue. Alors moi aussi, je serai perdu, tout sera perdu. »

Il se lève et va à la fenêtre. Puis il se retourne.

« Je suis sérieux, Tish. »

Je dis : « Je sais. »

Joseph sourit. « Ecoute, petite fille. Il faut que nous prenions soin les uns des autres dans ce monde, d'accord ? Bon ; alors, il y a des choses que je peux faire, et toi pas. C'est tout. Et il y a des choses que toi tu peux faire, et pas moi, comme d'avoir ton bébé. Je le ferais si je pouvais. Il n'y a rien que je ferais pas pour toi — tu le sais. » Il me regarde en souriant.

« Oui. Je sais.

— Et il y a des choses que toi seule peux faire pour Fonny, d'accord ?

— Oui. »

Joseph va et vient dans la cuisine. « Les jeunes n'aiment pas se l'entendre dire — moi aussi, j'étais comme ça à ton âge — mais vous *êtes* jeunes. Mon enfant, je ne voudrais pas vous perdre pour tout le café du Brésil — mais vous êtes jeunes. Fonny est encore un gamin. Et il subit une épreuve qu'un gamin ne devrait pas connaître. Et tu es tout ce qu'il possède, Tish. Tout. Je suis un homme, je sais de quoi je parle. Tu me comprends ?

— Oui. »

Il se rassied en face de moi. « Faut que tu le voies tous les jours, Tish. Tous les jours. Occupe-toi de Fonny. Nous nous occuperons du reste. D'accord ?

— D'accord. »

Il embrasse mes larmes.

« Apporte-nous ce bébé sain et sauf. Nous sortirons Fonny de prison. Je te le promets. Et toi, tu promets ? »

Je souris et je dis : « Oui, je promets. »

De toute façon, le lendemain matin, je suis beaucoup trop malade pour aller travailler et Ernestine téléphone au magasin pour le leur dire. Elle ajoute que je passerai toucher mon chèque dans quelques jours.

Voilà où nous en sommes. Sur un certain plan, je dois avouer, pour être honnête, que je détestais cette solution : le fait que je n'avais plus rien à faire. Mais cela m'a obligée à reconnaître que je m'étais accrochée à mon travail afin de ne pas affronter mes problèmes. Maintenant, j'étais seule avec Fonny, mon bébé et moi-même.

Mais Joseph avait raison : Fonny est radieux. Les jours où je ne vais pas au cabinet de Hayward, je le vois deux fois. Je suis toujours là pour la visite de six heures. Et Fonny sait que je serai là. Je commence à découvrir une chose étrange. Ma présence, qui n'a aucune valeur pratique, qu'on peut même considérer comme une trahison, est beaucoup plus importante que tout ce que je pourrais faire. Chaque jour, quand il voit mon visage, il sait que je l'aime — et Dieu sait que je l'aime, et de plus en plus à mesure que les jours passent. Mais cela va plus loin. Ma présence à la prison signifie que d'autres l'aiment aussi, l'aiment au point de m'avoir rendue libre pour aller le voir. Il n'est pas seul : nous ne sommes pas seuls. Et si, parfois, je suis horrifiée de ne plus avoir ce qu'on peut appeler une taille, Fonny est ravi. « La voilà ! Aussi grosse qu'une tour ! T'es sûre que c'est pas des jumeaux ? ou des triplés ? Merde, nous entrerions dans l'histoire. »

Accroché au téléphone, il rejette la tête en arrière et éclate de rire.

Je comprends alors que la venue du bébé est

étroitement liée à sa volonté de sortir de prison. Alors, je me fiche d'être aussi grosse qu'une tour. Le bébé veut sortir. Fonny veut sortir. Et nous y arriverons.

Jaime est ponctuel et Sharon arrive dans la *favella* vers neuf heures et demie. Jaime sait à peu près où se trouve l'habitation, mais il ne connaît pas la dame — du moins il n'en est pas sûr. Il y réfléchit encore quand Sharon descend du taxi. Hayward a essayé de prévenir Sharon en lui disant qu'il était incapable de décrire une *favella* et qu'il doutait qu'elle-même souhaite le faire après son voyage. C'est un spectacle pénible. En haut, le ciel bleu et le soleil étincelant ; en bas, la mer bleue, ici, et le tas d'ordures, là. Il faut un moment pour découvrir que le tas de balayures *est* la *favella*. Des maisons se dressent dessus — des habitations, certaines sur pilotis, comme pour essayer de se hisser au-dessus de ce tas de fumier. D'autres ont des toits en tôle ondulée. Quelques-unes, des fenêtres. Toutes ont des enfants.

Jaime marche aux côtés de Sharon, fier d'être son protecteur, mais inquiet de cette démarche. L'odeur est incroyable — mais les enfants qui, sans fin, escaladent cette montagne et font vibrer l'air, ces enfants à demi-nus, aux yeux brillants, au rire sonore qui plongent dans la mer et en sortent luisants, ne semblent pas s'en soucier.

« Ce devrait être là », dit Jaime, et Sharon franchit une arcade qui ouvre sur une cour en ruine. La maison a dû être, jadis, une demeure particulière très importante. Elle n'est plus particulière aujourd'hui. Des générations successives de peinture s'écaillent sur les murs et le soleil, qui souligne chaque tache et chaque fissure, ne daigne pas entrer dans les pièces : certaines sont protégées par des volets, dans la mesure, évidemment, où ceux-ci tiennent encore en place. Le bruit est plus fort que la répétition d'un orchestre mal accordé et le son dominant est fourni par les cris des bébés et des enfants. Les voix des adultes s'élèvent en contrepoint et forment des harmonies extraordinaires. Il semble y avoir des portes partout : basses, sombres et rectangulaires.

« Je pense que c'est là », dit Jaime d'une voix nerveuse en désignant une des portes. « Au troisième étage. Je pense. Vous dites qu'elle est blonde ? »

Sharon le regarde. Il est très malheureux : il ne veut pas la laisser entrer seule dans cette maison.

Elle touche son visage et sourit : soudain, il lui rappelle Fonny et la ramène aux raisons de sa présence ici.

« Attendez-moi, dit-elle. Ne vous inquiétez pas. Ce ne sera pas long. »

Elle franchit la porte et monte les escaliers comme si elle savait exactement où elle allait. Quatre portes ouvrent sur le palier du troisième étage. Pas de noms. L'une d'entre elles est entrouverte. Sharon frappe et la pousse un peu plus.

« Madame Rogers... ? »

Une jeune fille très mince, aux immenses yeux noirs dans un visage sombre, vêtue d'un peignoir fleuri, pieds nus, s'avance dans la pièce. Ses cheveux bouclés sont d'un blond sale, des pommettes hautes, des lèvres minces, une grande bouche : un visage agréable, vulnérable et avenant. Une croix en or brûle sur sa gorge.

Elle dit : « Señora... ? » puis s'immobilise et fixe Sharon de ses grands yeux effrayés.

« Señora... ? »

Car Sharon n'a rien dit, elle se tient sur le seuil et observe la jeune femme.

Celle-ci passe sa langue sur ses lèvres. Elle répète encore : « Señora... ? »

Elle ne fait pas son âge. On dirait une petite fille. Puis elle se déplace, la lumière l'atteint d'un autre angle et Sharon la reconnaît.

Un instant, Sharon a vraiment peur de tomber et s'appuie contre la porte.

« Madame Rogers... ? »

Les yeux de la jeune fille se rétrécissent, ses lèvres font la moue.

« Non Señora. Vous vous trompez. Je suis Sanchez. »

Elles s'observent. Sharon est toujours appuyée contre la porte.

La jeune femme fait un mouvement vers la porte, comme pour la fermer. Mais elle ne veut pas pousser Sharon. Elle ne veut pas la toucher. Elle fait un pas, puis s'arrête. Elle touche la croix sur sa gorge. Sharon n'arrive pas à lire son visage.

Elle y discerne de l'intérêt, un peu comme chez Jaime. Mais aussi de la terreur et une certaine sympathie dissimulée. Toujours incertaine de ses forces, Sharon sent que, capable de bouger ou pas, il vaut mieux qu'elle ne change pas de position. Cela lui donne une sorte d'avantage.

« Excusez-moi, Señora, mais j'ai du travail... s'il vous plaît ? Je ne connais pas de Mme Rogers. Peut-être dans une autre maison dans le quartier... ? » Elle esquisse un sourire et regarde par la fenêtre ouverte. « Mais il y en a tant. Vous passerez beaucoup de temps à chercher. »

Son regard est amer. Sharon se redresse et, brutalement, elles se dévisagent — chacune captive de l'autre.

« J'ai une photo de vous », dit Sharon.

La jeune fille ne répond pas. Elle s'efforce d'avoir l'air amusé.

Sharon sort la photo et la lui tend. La jeune fille s'avance vers la porte. En même temps, Sharon quitte celle-ci et pénètre dans la pièce.

« Señora... ! Je vous ai dit que j'avais mon travail à faire. » Elle regarde Sharon de bas en haut. « Je ne suis pas une dame nord-américaine.

— Je ne suis pas une dame. Je suis Mme Rivers.

— Et moi, je suis Mme Sanchez. Que me voulez-vous ? Je ne vous connais pas.

— Je sais que vous ne me connaissez pas. Vous n'avez peut-être jamais entendu parler de moi. » Il se produit un changement sur le visage de la fille, elle pince les lèvres, fouille dans la poche de son peignoir à la recherche de ses cigarettes et souffle la fumée avec insolence au visage de Sharon. Pourtant, elle dit : « Voulez-vous une cigarette, Señora ? » et elle offre le paquet à Sharon.

Il y a une supplication dans les yeux de la jeune femme ; d'une main tremblante, Sharon prend la cigarette que l'autre lui allume, avant de remettre le paquet dans sa poche.

« Je sais que vous ne me connaissez pas. Mais je pense que vous avez entendu parler de moi. »

La jeune femme jette un coup d'œil à la photo dans la main de Sharon, regarde Sharon, et ne dit rien.

« J'ai rencontré Pietro hier soir.

— Ah ! C'est lui qui vous a donné la photo ? »

Elle se voulait sarcastique ; se rend compte qu'elle a fait une erreur ; mais — semblent dire ses yeux provocants — il y a tant de Pietros !

« Non. Je la tiens de l'avocat d'Alonzo Hunt — l'homme que vous accusez de vous avoir violée.

— Je ne sais pas de quoi vous parlez.

— Je crois que si.

— Ecoutez. J'ai rien contre personne. Mais je vous demande de sortir d'ici. »

Elle tremble, proche des larmes. Elle tient ses deux mains serrées devant elle, comme pour les empêcher de toucher Sharon.

« Je suis ici pour essayer de sortir un homme *de prison*. Cet homme va épouser ma fille. Et il ne vous a pas violée. »

Elle tend la photo de Fonny et moi.

« Regardez. »

La fille se tourne vers la fenêtre ; puis s'assied

sur le lit défait, les yeux toujours fixés vers la fenêtre.

Sharon s'approche d'elle.

« Regardez-la. Je vous en prie. Cette jeune fille est ma fille. L'homme avec elle est Alonzo Hunt. Est-ce l'homme qui vous a violée ? »

La jeune femme refuse de regarder la photo, ou Sharon.

« Est-ce l'homme qui vous a violée ?

— Une chose que je peux vous dire, madame... vous avez jamais été violée. » Elle jette un bref coup d'œil à la photo, puis à Sharon. « Il lui ressemble. Mais il ne riait pas. »

Au bout d'un moment, Sharon demande : « Puis-je m'asseoir ? »

La fille ne répond pas. Elle soupire et croise les bras. Sharon s'assied sur le lit, à côté d'elle.

Il doit bien y avoir deux mille radios allumées dans le voisinage, et toutes jouent B.B. King. Non pas que Sharon puisse identifier la chanson, mais elle reconnaît le rythme : elle ne l'a jamais entendu résonner avec autant de force, d'insistance plaintive. Il n'a jamais paru aussi décidé et menaçant. Sharon en retrouve l'écho dans les multiples voix humaines, et la mer — qui brille inlassablement au-delà du tas d'ordures de la *favella* — le répercute dans ses vagues.

Assise, Sharon écoute, elle écoute comme elle ne l'avait jamais fait avant. Le visage de la jeune femme est tourné vers la fenêtre. Sharon se demande ce qu'elle voit, ce qu'elle entend. Rien, peut-être. Elle se tient là, sur ce lit, dans une immobilité pleine de résignation obstinée, ses mains minces abandonnées entre ses genoux, comme quelqu'un qui a souvent, déjà, été pris aux pièges de la vie.

Sharon contemple son dos fragile. Les cheveux bouclés repoussent, noirs à la racine. Le rythme de la musique devient de plus en plus insistant, presque insoutenable ; il commence à résonner dans le crâne de Sharon qui a l'impression que son cerveau va éclater.

Elle se sent au bord des larmes, sans savoir pourquoi. Elle se lève du lit et se dirige vers la musique. Elle regarde les enfants, la mer. Au loin, il y a une arcade comme celle qu'elle a traversée tout à l'heure, abandonnée là par les Maures. Elle se retourne et regarde la jeune femme. Celle-ci a les yeux fixés sur le plancher.

« Vous êtes née ici ? demande Sharon.

— Ecoutez, madame, avant que vous alliez plus loin, laissez-moi vous dire une chose : vous pouvez rien contre moi, je suis pas seule et perdue ici, j'ai des amis ! »

Elle jette à Sharon un regard à la fois furieux, peureux et incertain. Mais elle ne bouge pas.

« Je ne cherche pas à vous faire le moindre mal. J'essaie seulement de sortir un homme de prison. »

La fille bouge sur le lit. Maintenant, elle tourne le dos à Sharon.

« Un homme innocent, ajoute Sharon.

— Madame, je pense que vous vous êtes trompée d'endroit, c'est tout. Y a aucune raison de me dire ça à moi. Y a rien que je peux faire pour vous ! »

Sharon essaie de trouver une nouvelle approche.

« Combien de temps êtes-vous restée à New York ? »

La fille lance sa cigarette par la fenêtre. « Bien assez.

— Vous avez laissé vos enfants là-bas ?

— Ecoutez. Ne mêlez pas mes enfants à ça. »

Il commence à faire très chaud dans la pièce ; Sharon enlève sa veste de cotonnade et retourne s'asseoir sur le lit.

« Moi aussi, dit-elle lentement, je suis une mère. »

La fille lui jette un regard qui se veut méprisant. Mais, si l'envie fait partie de son univers familier, elle ignore le mépris.

« Pourquoi êtes-vous revenue ? » demande Sharon.

La fille ne s'attendait pas à cette question. En fait, Sharon elle-même n'avait pas prévu de la poser.

Elles se dévisagent, la question scintillant dans l'espace qui les sépare comme la lumière sur la mer mouvante.

« Vous avez dit que vous étiez une mère », finit par dire la fille, et elle se lève pour se placer devant la fenêtre.

Cette fois-ci, Sharon la suit ; ensemble, elles contemplent la mer. En un sens, après cette réponse maussade, Sharon commence à y voir plus clair. Dans cette réponse, elle a lu une prière : elle se met à lui parler d'un ton différent.

« Enfant, dans ce monde, il nous arrive des

choses terribles, et nous pouvons tous accomplir des choses terribles. » Elle prend soin de regarder par la fenêtre, mais elle surveille la fille. « J'ai été une femme avant vous. Ne l'oubliez pas. Mais... » Elle se tourne vers Victoria, attire vers elle le corps frêle, les poignets minces, les mains décharnées, les bras serrés contre la poitrine ; elle essaie de lui parler comme si elle s'adressait à moi : « ... on paie pour les mensonges qu'on dit. » Elles se dévisagent. « Enfant, vous avez mis un homme en prison, un homme que vous n'avez jamais vu. Il a vingt-deux ans, il veut épouser *mon* enfant... et... » Elle cherche à nouveau les yeux de Victoria. « ... Il est noir. » Elle lâche la fille et se tourne vers la fenêtre. « Comme nous.

— Je l'ai *vu*.

— Vous l'avez vu lors de l'identification à la police. C'est la *première* fois que vous l'avez vu. Et la *seule*.

— Pourquoi en êtes-vous si sûre ?

— Parce que je le connais depuis toujours.

— Ah ! » crie Victoria, et elle essaie de s'éloigner. Les larmes montent dans ses yeux noirs. « Si vous saviez combien de femmes j'ai entendu dire ça. Elles l'ont pas vu... alors que moi je l'ai vu... quand il s'est approché de *moi* ! Elles ne voient *jamais* ce genre de choses. Des femmes respectables... comme vous !... non, elles ne voient jamais ça ! » Les larmes commencent à couler le long de ses joues. « Vous avez pu connaître un gentil petit garçon, et il est peut-être un homme correct... avec *vous !* Mais vous ne connaissez pas l'homme qui a fait... qui a fait... ce qu'il m'a fait !

— Mais, demande Sharon, êtes-vous sûre que vous, vous le connaissez ?

— Oui. Ils m'ont emmenée là-bas et ils m'ont demandé de le désigner, et je l'ai désigné. C'est tout.

— Mais vous étiez... ça s'est passé... dans l'obscurité. Vous avez vu Alonzo Hunt à la lumière.

— Il y avait des lumières dans le couloir. Assez pour que je voie. »

Sharon la saisit à nouveau, touche le crucifix.

« Mon enfant, mon enfant. Pour l'amour de Dieu ! »

Victoria regarde la main posée sur la croix et pousse un cri déchirant : comme Sharon n'en avait jamais entendu. Elle s'arrache aux mains de Sharon et se précipite vers la porte qui était restée ouverte. Elle hurle et crie : « Sortez d'ici ! Sortez d'ici ! »

Des portes s'ouvrent. Des gens commencent à apparaître. Sharon entend le klaxon du taxi : *un, deux ; un, deux ; un, deux, trois ; un, deux, trois.* Victoria hurle maintenant des mots espagnols. Une femme âgée s'approche et la prend dans ses bras. Victoria s'effondre en pleurant sur la poitrine de la femme. Celle-ci, sans un regard pour Sharon, l'emmène. Mais tous les autres restent là, les yeux fixés sur Sharon. Le seul bruit qu'elle entend est le klaxon du taxi.

Ils la regardent, ils regardent ses vêtements ; que pourrait-elle leur dire ? Elle s'avance dans le couloir, vers eux. Sa veste sur le bras, son sac dans une main, la photo de Fonny et de moi dans l'autre, elle passe lentement devant eux et gagne l'escalier. Il y a des gens sur chaque palier. Elle traverse la cour, sort dans la rue. Jaime lui ouvre la portière du taxi. Elle monte. Il claque la portière et démarre sans un mot.

Le soir, elle retourne au cabaret. Mais le portier l'informe que le Señor Alvarez ne sera pas là ce soir, qu'il n'y a pas de tables pour femmes seules et que, d'ailleurs, la salle est pleine.

L'esprit est comme un objet qui amasse la poussière. Pas plus que l'esprit, l'objet ne sait pourquoi la poussière s'accroche à lui. Mais une fois fixée, celle-ci ne s'en va plus ; c'est ainsi qu'après l'incident chez la marchande de légumes, je commençai à voir Bell partout.

Je ne connaissais pas encore son nom. Je l'ai appris le soir où je le lui ai demandé. Mais j'avais déjà retenu son numéro.

Je l'avais certainement déjà vu avant cet après-midi, mais il n'était encore qu'un flic parmi d'autres. A partir de ce jour-là, il a eu les yeux bleus et les cheveux roux. Agé d'environ trente ans, il s'avance à la John Wayne en longues enjambées assurées, pour purifier l'univers, et il croit à tout ce bla-bla-bla : c'est un pauvre con vicieux et infantile. Comme ses héros, il a l'estomac confortable, un gros cul et, dans sa petite tête ronde, ses yeux sont aussi vides que ceux de George Washington. Mais je commençais à comprendre la nature de ce vide. Et ce que je découvrais me terrifiait. Si vous regardez fixement ce bleu immuable, cette pointe d'épingle au centre de l'œil, vous découvrez une cruauté sans fond, une méchanceté froide, glacée. Dans cet œil, vous n'existez pas, si vous avez de la chance. Mais si cet œil, de sa hauteur, a été contraint de vous voir ; si vous existez dans cet univers hivernal qui s'étend derrière cet œil, vous êtes marqué, marqué comme un homme en manteau noir qui s'enfuit en rampant dans la neige. L'œil s'offense de votre présence qui dérange la vue dans le paysage. Bientôt, le manteau noir s'immobilisera, il deviendra rouge de sang, et la neige aussi sera rouge ; alors, l'œil s'offensera de ce spectacle, il clignera une fois et la neige commencera de tomber, pour effacer ce rouge et ce noir. Parfois, j'étais avec Fonny quand je croisais Bell, parfois j'étais seule. Quand j'étais avec Fonny, les yeux regardaient droit devant eux, dans un lointain figé. Quand j'étais seule, ils me griffaient comme les griffes d'un chat, ils me ratissaient comme un râteau. Ces yeux n'affrontent que ceux de la victime soumise. Ils ne peuvent pas regarder d'autres yeux. Quand Fonny était seul, c'était la même chose. Les yeux de Bell fouillaient le corps noir de Fonny avec la cruauté implacable du désir, comme s'il avait allumé une lampe à souder et dirigé sa flamme sur le sexe de Fonny. Quand leurs chemins se croisaient et que j'étais là, Fonny regardait Bell, et Bell regardait droit devant lui. *Un jour, je t'enculerai, mon garçon,* disaient les yeux de Bell. *Jamais,* disaient les yeux de Fonny. *Je vais ramasser mon fric et foutre le camp d'ici.*

J'avais peur parce que, dans les rues du Village, je me rendais compte que nous étions absolument seuls. Personne ne se souciait de nous, et ceux qui nous aimaient étaient ailleurs.

Bell m'a parlé une fois. J'allais retrouver Fonny, un soir après mon travail. Ça m'a étonnée de le voir parce que j'étais descendue du métro au carrefour de la 14e Rue et de la 8e Avenue ; or, Bell se trouvait d'habitude du côté des rues Bleecker et MacDougal. J'avançais en soufflant et haletant le long de l'avenue avec, au bras, un sac de trucs que j'avais piqués chez le Juif, quand je l'ai vu venir lentement vers moi. Pendant un instant, j'ai été prise de panique en pensant à mon butin — de la colle, des agrafes, des tubes de couleurs, du papier, des clous et des crayons. Mais il ne pouvait pas savoir que j'avais volé tout ça, et je le détestais déjà trop pour m'inquiéter. Il s'avançait vers moi et je m'avançais vers lui. Il commençait à faire nuit, il était environ sept heures et demie. Les rues étaient pleines d'hommes qui rentraient chez eux, d'ivrognes affalés, de femmes pressées, de gamins portoricains, de drogués : il est arrivé à ma hauteur.

« Est-ce que je peux vous aider à porter ce paquet ? »

J'ai failli lâcher ledit paquet. J'ai même failli

faire pipi dans ma culotte. Je l'ai regardé dans les yeux.

« Non. Merci beaucoup. » J'ai essayé d'avancer, mais il me bloquait le chemin.

Je l'ai regardé à nouveau dans les yeux. C'était peut-être la première fois de ma vie que je regardais un homme blanc dans les yeux. Ça m'a paralysée. Je n'avais pas l'impression de regarder les yeux d'un homme. C'était quelque chose de différent, d'entièrement nouveau pour moi, et donc de fascinant. Dans ses yeux, je lisais une séduction qui offrait la promesse d'un viol. Un viol qui promettait la dégradation et la vengeance : pour tous les deux. J'avais envie de me rapprocher de lui, d'entrer en lui, d'ouvrir ce visage en deux, de le changer, de le détruire, de m'enfoncer dans la boue avec cet homme. Alors nous serions tous les deux libres : je pouvais presque entendre la musique.

« Vous avez pas beaucoup de chemin à faire, a-t-il dit d'une voix basse, mais pour sûr, ça m'aurait fait plaisir de vous porter ce paquet. »

Je nous revois encore dans cette avenue animée, envahie par le crépuscule, moi avec mon sac et mon paquet, nous dévisageant l'un l'autre, immobiles. Je lui appartenais soudain : un désespoir que je n'avais jamais éprouvé avant m'envahit. Je contemplais ses yeux, ses lèvres humides, enfantines et amères, je sentais son sexe durcir contre moi.

« Je suis pas un mauvais type, a-t-il ajouté.

Dites-le à votre ami. Vous avez pas de raison d'avoir peur de moi.

— Je n'ai pas peur. Je le lui dirai. Merci.

— Bonsoir.

— Bonsoir », j'ai répondu, et je me suis rapidement éloignée.

Je n'ai jamais parlé à Fonny de cette rencontre. Je ne pouvais pas. Je l'ai effacée de ma mémoire. Je me demande si Bell a parlé à Fonny. Je ne le crois pas.

Le soir où ils ont arrêté Fonny, Daniel était chez nous. Il avait un peu bu. Il pleurait. Il parlait une nouvelle fois de son expérience en prison. Il avait vu neuf hommes violer un garçon. Lui-même avait été violé. Il ne serait jamais plus le Daniel d'avant. Fonny l'a tenu dans ses bras jusqu'à ce qu'il s'effondre. Je suis allée faire du café.

C'est alors qu'ils ont frappé à la porte.

Deuxième partie

Sion

Fonny travaille sur un morceau de bois. C'est un bois tendre et brun, il est posé sur l'établi. Fonny a décidé de faire mon buste. Le mur est couvert d'esquisses. Je ne suis pas là.

Ses outils sont à côté du morceau de bois. Fonny tourne autour, terrifié. Il n'ose pas toucher le bois. Il sait qu'il doit le faire, mais il a peur de le profaner. Il le fixe, au bord des larmes. Il voudrait que le bois lui parle, il attend que le bois lui parle. Tant qu'il ne parlera pas, Fonny ne pourra pas commencer. Je suis emprisonnée quelque part dans le silence du bois, et Fonny l'est avec moi.

Il prend un ciseau, le repose. Il allume une cigarette, s'assied sur son tabouret, contemple le bois, reprend son ciseau.

Il le repose à nouveau, va à la cuisine se verser une bière, revient, s'assied sur le tabouret et fixe le bois. Le bois le fixe en silence.

« Salaud », dit Fonny.

Il reprend le ciseau et s'approche du bois muet. Il l'effleure de la main, le caresse. Pour le taquiner, il appuie le ciseau contre le bois. Le ciseau commence à bouger. Fonny commence à sculpter.

Et se réveille.

Il est dans sa cellule, seul, en haut de la prison. C'est provisoire. Bientôt, on le fera descendre dans une cellule plus grande, avec d'autres hommes. Il y a une cuvette de cabinet dans le coin de la cellule. Elle pue.

Et Fonny pue.

Il bâille, rejette les bras derrière sa tête et se tourne nerveusement sur l'étroite couchette. Il écoute. Il n'a aucune idée de l'heure, mais ça n'a pas d'importance. Les heures sont toutes les mêmes, les jours se ressemblent. Il regarde ses chausures posées sur le plancher à côté de la couchette : elles n'ont pas de lacets. Il essaie de trouver une raison à sa présence ici, une raison de bouger, ou de ne pas bouger. Il sait qu'il doit faire quelque chose pour s'empêcher de couler, et chaque jour il essaie. Mais il n'y arrive pas. Il ne peut ni se retirer en lui-même ni sortir de lui-même. Il est étendu là, complètement immobile, paralysé. Paralysé par la peur. Il se lève et va pisser. La cuvette est engorgée, bientôt elle débordera. Il ne sait pas quoi faire pour y remédier. Il a peur, seul dans cette pièce. Mais il redoute aussi le moment où on le fera descendre avec les autres, qu'il voit aux repas, qui le voient. Il les connaît, il les a tous vus déjà ; s'il les rencontrait dehors, il saurait quoi dire à chacun d'eux. Ici, il ne sait plus rien, il est muet, il est terrifié. Ici, il est à la merci des autres, et aussi de cette masse de pierre et d'acier. Dehors, il n'est pas jeune. Ici, il se rend compte qu'il est très, très jeune, trop jeune. Vieillira-t-il ici ?

A travers l'étroite ouverture dans la porte, il contemple ce qu'il peut apercevoir du corridor. Tout est tranquille et silencieux. Il doit être très tôt. Il se demande si on l'emmènera aux douches aujourd'hui. Mais il ne sait pas quel jour on est, il n'arrive pas à se rappeler quand il a pris sa dernière douche. Je demanderai à quelqu'un, pense-t-il, comme ça, je saurai. Il faut que je me souvienne. Je ne peux pas me laisser aller ainsi. Il essaie de se rappeler tout ce qu'il a lu sur la vie en prison. Il ne se souvient de rien. Son esprit est aussi vide qu'une coquille, résonne comme une coquille, bruit creux qui n'offre ni questions ni réponses, rien. Et il pue. Il bâille de nouveau, se gratte, il frissonne, réussit à grand-peine à étouffer un cri, empoigne les barreaux de la fenêtre et regarde le ciel. Le contact de l'acier le calme un peu ; la pierre rude et fraîche contre sa peau le réconforte. Il pense à Frank, son père. Il pense à moi. Il se demande ce que nous faisons maintenant, à cette minute précise. Il se demande ce que le monde entier, son monde, fait sans lui, pourquoi on l'a laissé seul ici, peut-être pour mourir. Le ciel a la couleur de l'acier ; de grosses larmes coulent le long de ses joues, irritent son menton mal rasé. Il n'arrive pas à rassembler ses forces de résistance parce qu'il ne peut se donner une raison de sa présence ici.

Il va se rallonger sur sa couchette. Il lui reste

cinq cigarettes. Il sait que je lui en apporterai ce soir. Il en allume une, contemple les tuyaux au plafond. Il tremble. Il essaie de se calmer. *Encore un jour. Ne panique pas. Reste calme.*

Il tire sur sa cigarette. Son sexe durcit. Distraitement, il le caresse, à travers son pantalon ; c'est son seul ami. Il serre les dents, lutte, mais il est jeune et solitaire, il est seul. Les yeux fermés, il se caresse doucement, comme s'il priait. Son sexe rigide répond, brûle, et Fonny soupire, et tire sur sa cigarette. Il s'interrompt, mais sa main ne veut pas rester tranquille. Il se mord les lèvres, il voudrait..., mais la main refuse de rester tranquille. Il enlève son pantalon et remonte la couverture jusqu'à son menton. La main s'agite, elle se serre, s'agite de plus en plus vite, et le corps de Fonny commence à bouger. Oh ! Il essaie de ne penser à personne, surtout pas à moi, il ne veut pas que je sois mêlée à cette cellule, à ces gestes dans cette cellule. Oh ! Il se tourne, il se tord, son ventre tremble. Oh ! Des larmes envahissent ses yeux. Il ne veut pas que ça cesse. Il faut que ça cesse. Oh ! oh ! oh ! Il lâche sa cigarette sur le plancher, s'abandonne tout entier, il s'imagine que des bras humains l'enlacent, il gémit, il crie presque, son sexe raidi et brûlant lui fait creuser les reins, ses membres se tendent. Oh ! Il ne veut pas que ça cesse. Il faut que ça cesse. Il gémit. C'est prodigieux. Son sperme coule, gicle, jaillit sur sa main, son ventre, ses couilles, il soupire ; au bout d'un long moment, il ouvre les yeux et la cellule s'abat sur lui, pierre et acier, et lui rappelle qu'il est seul.

A six heures, on le fait descendre pour la visite. Il n'oublie pas de prendre le téléphone.

« Salut ! » Il a un large sourire. « Comment ça va, baby ? Dis-moi quelque chose.

— Tu sais bien que je n'ai rien de spécial à te dire. Comment vas-tu ? »

Il embrasse la vitre. J'embrasse la vitre.

Mais il n'a pas bonne mine.

« Hayward viendra te voir demain matin. Il pense qu'il va obtenir une date pour le procès.

— Quand ?

— Bientôt. Très bientôt.

— Que veux-tu dire " bientôt " ? Demain ? Le mois prochain ? L'année prochaine ?

— Est-ce que je t'en parlerais, Fonny, si je n'étais pas sûre que c'est bientôt ? D'ailleurs Hayward m'a dit que je pouvais te l'annoncer.

— Avant que le bébé soit là ?

— Oh oui !

— C'est prévu pour quand ?

— Bientôt. »

Alors son visage change, et il rit. Il fait semblant de me menacer de son poing.

« Comment va le bébé ?

— En pleine forme. J'en sais quelque chose.

— Il te bourre de coups ? » Il rit de nouveau. « Sacrée vieille Tish. »

Son visage change encore, une autre lumière l'éclaire, il est très beau.

« T'as vu Frank ?

— Oui. Il fait des tas d'heures supplémentaires. Il viendra demain.

— Avec toi ?
— Non. Le matin, avec Hayward.
— Comment va-t-il ?
— Bien, mon amour.
— Et mes deux salopes de sœurs ?
— Comme d'habitude.
— Elles sont pas encore mariées ?
— Non, Fonny. Pas encore. »

J'attends la question suivante.

« Et ma mère ?

— Je ne l'ai pas vue. Evidemment. Mais elle semble aller très bien.

— Son cœur l'a pas encore lâchée, hein ? Ta maman est de retour de Porto Rico ?

— Pas encore. Nous l'attendons d'un moment à l'autre. »

Son visage change à nouveau.

« Mais... si la bonne femme continue à dire que je l'ai violée... je serai ici pour un bon bout de temps. »

J'allume une cigarette, puis je l'éteins. Le bébé bouge, comme s'il essayait d'apercevoir Fonny.

« D'après maman, Hayward peut démolir son témoignage. Elle a l'air assez hystérique. D'ailleurs, elle fait un peu de prostitution — ce qui n'arrange pas sa position. En plus... tu étais ce qu'il y avait de plus noir dans le groupe, ce matin-là. Il y avait quelques types blancs, un Portoricain et deux ou trois frères à peau claire — mais tu étais le seul *Noir*.

— Je me demande si ça va peser lourd.

— Eh bien, d'abord, ça peut faire annuler le

procès. Elle dit qu'elle a été violée par un Noir, alors ils ont mis *un* Noir dans le groupe, au milieu d'un tas de mecs pâles. Alors, naturellement, elle dit que c'est toi. Si c'est un Noir qu'elle cherche, elle sait forcément que ça peut être aucun des autres.

— Et Bell ?

— Comme je te l'ai dit, il a déjà tué un gamin noir. Hayward veillera à ce que le jury le sache.

— Merde. Si le jury le sait, ils voudront lui donner une médaille. Il contribue à la sécurité des rues.

— Fonny, tu ne dois pas penser ainsi, baby. On a décidé, quand cette saloperie a commencé, que l'important serait de tenir jour après jour, sans perdre la tête et sans essayer de regarder trop loin devant. Je te comprends, mon amour, mais ça ne sert à rien de penser ainsi...

— Je te manque ?

— Oh oui ! C'est pour ça que tu ne dois pas perdre ton sang-froid. Je t'attends, le bébé t'attend.

— Je suis désolé, Tish, pardon. Je tiendrai le coup. Je te le promets. Mais, quelquefois, c'est dur, parce que j'ai pas de raison d'être ici — tu comprends ? Et il y a des choses qui se passent en moi que je comprends pas vraiment, je commence à voir des choses que je voyais pas avant. Je n'ai pas de mots pour les nommer, alors j'ai peur. Je ne suis pas aussi fort que je le croyais. Je suis plus jeune que je le croyais. Mais je tiendrai le coup. Je te le promets, Tish. Je serai meilleur en sortant d'ici que quand je suis entré. Je te le promets. Je le sais. Peut-être qu'il y avait quelque chose que je devais découvrir et... je ne pouvais le découvrir qu'ici. Peut-être. Peut-être que c'est ça. Oh ! Tish... tu m'aimes ?

— Je t'aime. Je t'aime. Il faut que tu saches que je t'aime, comme je sais que tes cheveux poussent sur ta tête.

— J'ai l'air affreux, non ?

— Eh bien, je voudrais pouvoir m'occuper un peu de toi. Mais, à mes yeux, tu es très beau.

— Moi aussi, je voudrais pouvoir m'occuper de toi. »

Un silence s'établit, et nous nous regardons. La porte s'ouvre derrière Fonny et l'homme apparaît. C'est toujours le moment le plus affreux quand Fonny doit se lever et partir et moi de même. Mais Fonny est calme. Il se dresse et lève le poing. Il sourit, reste un instant immobile, ses yeux dans les miens. Quelque chose passe de lui à moi, amour et courage. Oui. Oui. Nous nous en sortirons. A mon tour, je me lève, je souris et je tends mon poing. Il se dirige vers son enfer. Je marche vers mon Sahara.

Les erreurs de calcul de ce monde sont infinies. Le procureur, le ministère public, l'Etat — *le Peuple contre Alonzo Hunt !* — ont réussi à immobiliser, isoler, suborner tous les témoins en faveur d'Alonzo Hunt. Mais ils se sont baisés eux-mêmes, comme nous l'apprend une Sharon amaigrie le soir où Ernestine a emprunté la voiture de son actrice, et son chauffeur, pour ramener maman de l'aéroport Kennedy jusqu'à la maison.

« J'ai attendu deux autres jours. Je me disais : ça ne peut pas se terminer comme ça. La partie ne peut *pas* s'achever ainsi. Jaime disait que si, que c'était possible, et même probable. L'histoire avait déjà fait le tour de l'île. Tout le monde était au courant. Jaime en savait plus que moi, d'ailleurs. Il disait qu'on me suivait partout, qu'on *nous* suivait partout, et, un soir, dans le taxi, il m'en a donné la preuve. Mais je vous raconterai ça un autre jour. »

Le visage de maman... Elle aussi a vu quelque chose qu'elle n'avait jamais vu avant.

« Je ne pouvais plus me déplacer. Pendant les deux derniers jours, Jaime est devenu mon espion. Les gens connaissaient surtout son taxi, vous voyez ce que je veux dire. Ils connaissent toujours mieux l'extérieur que l'intérieur des choses. S'ils apercevaient le taxi de Jaime, ils voyaient Jaime. Ils ne cherchaient pas à regarder à l'intérieur. »

Le visage de Sharon... Et celui de Joseph.

« Alors, il a emprunté la voiture de quelqu'un. Ainsi, les gens ne le voyaient pas arriver. Une fois qu'ils l'avaient reconnu, ça n'avait plus d'importance puisqu'il n'était pas avec moi. Il faisait partie du paysage, comme la mer, le tas d'ordures ; il était quelque chose qu'ils avaient toujours connu. Ils n'avaient pas besoin de le regarder. Je n'avais jamais vu ça. Peut-être qu'ils n'*osaient* pas le regarder, comme pour le tas d'ordures. Comme pour eux-mêmes... Et nous, nous faisons pareil. Je n'avais jamais vu ça. Jamais. Je ne parle pas espagnol et eux ne parlent pas anglais. Mais nous sommes sur le même tas d'immondices. Pour la même raison. »

Elle me regarde.

« Pour la même raison. Je n'y avais jamais réfléchi de cette manière, avant. Quiconque a découvert l'Amérique *méritait* d'être renvoyé, enchaîné, dans son pays, pour y mourir. »

Elle me regarde de nouveau.

« Tâche de nous amener ce bébé à bon port, tu entends ? » Et elle sourit. Elle sourit. Elle est très proche de moi. Et très loin. « Et nous ne laisserons personne mettre des chaînes à ce bébé. »

Elle se lève et arpente la cuisine. Nous l'observons : elle a vraiment maigri. Elle tient un verre de gin et de jus d'orange. Je sais qu'elle n'a pas encore défait ses valises. Je la regarde lutter contre les larmes et je me rends compte qu'après tout elle est vraiment jeune.

« Enfin. Il était là, Jaime était là quand on a emmené la fille. Elle hurlait. Elle faisait une fausse couche. Pietro l'a portée dans ses bras jusqu'en bas des escaliers. Elle avait déjà commencé à saigner. »

Sharon boit. Elle se tient devant la fenêtre, dans une sorte d'isolement.

« On l'a conduite dans les montagnes, à un endroit qui s'appelle *Barranguitas*. Pour y aller, il faut savoir où c'est. Jaime dit qu'on ne la reverra plus. »

Adieu au jugement, puisque l'accusation vient

de perdre son principal témoin. Nous gardons un léger espoir avec Daniel, mais aucun de nous ne peut le voir, à supposer que nous sachions où il est. On l'a transféré dans une prison au nord de l'Etat : Hayward vérifie, Hayward s'en occupe.

Le procureur demandera un délai. Nous demanderons que l'accusation soit retirée et que l'affaire soit close. Mais nous devons nous préparer à régler une caution... si le juge y consent... si nous pouvons la fournir.

« Très bien », dit Joseph ; il se lève et se dirige vers la fenêtre, il se tient à côté de Sharon, sans la toucher. Ils regardent leur univers.

« Ça va ? » demande Joseph en lui allumant une cigarette.

« Oui. Ça va.

— Alors, allons nous coucher. Tu es fatiguée. Et ça fait un bout de temps que tu es partie.

— Bonne nuit », dit Ernestine d'une voix énergique ; main dans la main, Sharon et Joseph s'éloignent vers leur chambre. En un sens, c'est nous qui sommes leurs aînés, maintenant. Et le bébé recommence à bouger. Le temps.

Ces derniers rebondissements ont sur Frank un effet catastrophique, absolument épouvantable. C'est Joseph qui doit le mettre au courant, mais leurs horaires sont devenus si irréguliers qu'ils ne peuvent se voir que chez Frank.

Sans nous dire un mot, Joseph a réussi à nous interdire, à Ernestine et moi, d'en parler aux Hunt.

Il est presque minuit.

Mme Hunt est couchée. Adrienne et Sheila viennent de rentrer et, debout dans la cuisine, gloussent en buvant de l'Ovomaltine. Le derrière d'Adrienne s'élargit un peu, mais il n'y a aucun espoir pour Sheila. Comme on lui a dit qu'elle ressemblait à Merle Oberon, une actrice minable qu'elle a rencontrée lors d'une émission publique de télévision, depuis, elle s'épile les sourcils pour accentuer la ressemblance, mais le résultat n'est pas brillant. En tout cas, Merle Oberon, elle, se faisait payer pour avoir l'air d'un œuf.

Joseph doit être sur les quais à l'aube demain matin et n'a pas de temps à perdre. Pas plus que Frank qui commence aussi très tôt. Frank pose une bière devant Joseph et se verse un verre de vin. Tous deux boivent lentement. Pendant un moment assez pénible, ils s'observent, conscients du rire des deux filles dans la cuisine. Frank voudrait faire cesser le rire, mais il n'ose pas quitter les yeux de Joseph.

« Alors... ? dit Frank.

— Prépare-toi. Je vais te faire mal. Le jugement a été remis parce que la poulette portoricaine a perdu son bébé et semble aussi avoir perdu les pédales, mon vieux ; en tout cas, elle est quelque part dans les collines de Porto Rico, elle peut pas se déplacer, personne peut la voir, elle peut pas venir à New York maintenant, *impossible*. Alors l'accusation veut qu'on reporte le jugement... jusqu'à ce qu'elle *puisse.* » Frank ne dit rien. Joseph reprend : « Tu comprends ce que je dis ? »

Frank boit son vin et dit calmement : « Oui, je comprends. »

Ils entendent les filles chuchoter dans la cuisine : ce bruit exaspère les deux hommes.

Frank reprend : « Tu dis qu'ils vont garder Fonny en prison jusqu'à ce que la bonne femme ait retrouvé ses esprits. » Il boit de nouveau et regarde Joseph. « C'est bien ça, non ? »

Quelque chose dans l'expression de Frank commence à effrayer Joseph, mais il ne sait pas ce que c'est.

« Enfin... c'est ce qu'ils *veulent* faire. Mais on arrivera peut-être à le faire sortir — avec une caution. »

Frank ne répond pas. Les filles continuent de rire dans la cuisine.

« Une caution de combien ?

— On ne sait pas. Elle est pas encore fixée. » De plus en plus effrayé, bien qu'il ne sache toujours pas pourquoi, il boit sa bière.

« Elle le sera quand ?

— Demain. Ou après-demain. » Il lui faut ajouter : « *Si...*

— Si quoi ?

— S'ils acceptent notre requête, mon vieux. Ils sont pas obligés de nous accorder la libération sous caution. » Il doit encore ajouter quelque chose. « Et... je pense pas que ça se passera ainsi, mais vaut mieux voir les choses sous leur côté le plus noir... Ils essaieront *peut-être* d'aggraver l'accusation contre

Fonny à cause que la fille a perdu son bébé et qu'elle est devenue dingue. »

Silence... rire des filles dans la cuisine.

Joseph se gratte une aisselle et observe Frank. Celui-ci est de plus en plus mal à l'aise.

« Donc », dit finalement Frank avec un calme glacé, « nous sommes baisés.

— Pourquoi tu dis ça, mon vieux ? C'est dur, je suis d'accord, mais tout n'est pas foutu.

— Oh si ! dit Frank, c'est bien foutu. Ils le tiennent. Ils le lâcheront pas tant qu'ils seront pas décidés. Et ils seront pas décidés de sitôt. Et y a rien qu'on puisse faire, nous. »

La peur fait crier à Joseph : « Il *faut* que nous fassions quelque chose ! » Il entend sa voix rebondir contre les murs, contre les rires dans la cuisine.

« Quoi ?

— S'ils nous accordent la caution, ramasser le fric...

— Comment ?

— Mon vieux, je sais pas comment ! Mais je sais qu'il faudra le faire.

— Et s'ils nous l'accordent pas ?

— Nous le sortirons ! Je me fous de ce qu'il faudra faire pour y arriver !

— Moi aussi, je m'en fous ! Mais qu'est-ce qu'on peut *faire ?*

— Le *sortir*. C'est tout. Nous savons tous les deux qu'il a rien à foutre en prison. Et ces salauds pourris le savent aussi. » Il se lève. Il tremble. La cuisine est silencieuse. « Ecoute. Je comprends ce que tu dis. Tu dis qu'ils nous tiennent par les couilles.

O.K. Mais il s'agit de notre chair et de notre sang, mon vieux : *notre chair et notre sang.* Je sais pas *comment* nous ferons. Mais je sais qu'il nous faut le faire. Je sais que tu as pas peur pour toi, et Dieu sait que j'ai pas peur pour moi non plus. Ce garçon doit sortir de là-bas. C'est tout. Et il faut que nous le sortions. Alors, la première chose à faire, mon vieux, c'est de pas perdre notre sang-froid. Nous pouvons pas laisser ces salauds d'enculés blancs continuer leurs saloperies. » Il se calme, boit sa bière. « Ça fait trop longtemps qu'ils tuent nos enfants. »

Frank regarde ses deux filles qui se tiennent à la porte de la cuisine.

« Tout va bien ? » demande Adrienne.

Frank, d'un geste violent, lance son verre sur le plancher. Le verre se brise.

« Espèce de conasses idiotes, foutez-moi le camp, vous entendez ? *Foutez-moi le camp.* Si vous étiez des femmes, vous seriez en train de vendre votre cul sur le trottoir pour sortir votre frère de prison au lieu de le donner gratis à ces pédés sans couilles qui viennent vous renifler avec un livre sous le bras. Allez vous coucher ! *Foutez-moi le camp !* »

Joseph regarde les sœurs. Il voit alors une chose étrange, une chose à laquelle il n'avait jamais pensé : il voit qu'Adrienne aime son père d'un amour désespéré. Elle sait qu'il souffre. Elle apaiserait cette souffrance si elle le pouvait, mais elle ne sait pas comment s'y prendre. Elle donnerait n'importe quoi pour savoir. Elle ne sait pas qu'elle lui rappelle sa mère. Sans un mot, elle baisse les yeux et s'éloigne, suivie de Sheila.

Le silence est énorme — il s'étend et s'étend. Frank cache sa tête dans ses mains. Alors, Joseph comprend que Frank aime ses filles.

Frank ne dit rien. Des larmes glissent le long de ses paumes, tombent sur la table. Joseph regarde : les larmes coulent le long du poignet, puis s'écrasent — avec un bruit léger, léger, insupportable — sur la table. Il ne sait quoi dire — pourtant :

« C'est pas le moment de pleurer, mon vieux. » Il finit sa bière. Il observe Frank. « Ça va ? »

Silence. Finalement : « Oui, ça va. »

Joseph dit : « Va dormir. On se lève tôt demain matin. Je te verrai le soir. D'accord ?

— Oui, dit Frank. D'accord. »

Quand Fonny apprend que la date du jugement a été reportée, et pourquoi, quand je lui révèle les conséquences que peuvent entraîner dans sa situation les changements survenus à celle de Victoria, il se produit en lui une chose étrange, absolument merveilleuse. Ce n'est pas qu'il perde l'espoir, mais il cesse de s'y accrocher.

« O.K. » est sa seule réponse.

Il me semble voir ses pommettes pour la première fois, et peut-être est-ce vrai, tellement il a maigri. Il me regarde. Ses yeux sont immenses, profonds, sombres. Je suis à la fois soulagée et effrayée. Il s'est éloigné — pas pour me fuir : mais il s'est éloigné. Il se tient en un lieu où je ne suis pas.

Ses yeux immenses toujours fixés sur moi, il demande : « Tu vas bien ?

— Oui. Je vais bien.

— Le bébé va bien ?

— Oui. »

Il sourit. J'en reçois comme un choc. Je verrai toujours le vide laissé au milieu de sa bouche par la dent cassée.

« Bon. Moi aussi je vais bien. Ne t'inquiète pas. Je reviens à la maison. Je reviens, vers toi. Je veux te tenir dans mes bras. Je veux sentir tes bras autour de moi. Il faut que je tienne notre bébé dans mes bras. Il le faut. Ne désespère pas. »

Il sourit encore, et tout mon être se contracte. Oh ! l'amour ! L'amour.

Un autre sourire, il se lève et me salue de son poing. Il me regarde, un regard intense que je n'avais encore jamais vu dans ses yeux. Il se penche pour embrasser la vitre. Je pose mes lèvres sur la vitre.

Maintenant, Fonny sait pourquoi il est ici ; maintenant, il ose regarder autour de lui. Il n'est pas ici pour avoir commis un crime. Il le savait déjà, mais maintenant il le sait d'une façon différente. Aux repas, à la douche, dans les escaliers, le soir, juste avant qu'on boucle tout le monde, il regarde les autres, il écoute : qu'ont-ils fait ? Pas grand-chose. Le vrai crime, c'est d'avoir le pouvoir de placer ces hommes là où ils sont et de les y maintenir Ces hommes captifs sont le prix secret d'un mensonge secret : les justes doivent pouvoir identifier les damnés. Le vrai crime, c'est d'avoir le pouvoir et le besoin d'imposer sa loi aux damnés. Mais, pense Fonny, ça joue dans les deux sens. *On est dedans ou on est dehors. O.K. Je pige. Salauds. Vous ne m'aurez pas.*

Je lui apporte des livres. Nous parvenons à lui procurer du papier et il dessine. Maintenant qu'il sait où il est, il commence à parler aux autres prisonniers, il s'installe, si l'on peut dire. Il peut lui arriver n'importe quoi ici, il le sait. Mais justement parce qu'il le sait, il ne peut plus fuir : il lui faut faire face, affronter le danger, le provoquer même.

Il est mis au secret pour avoir refusé d'être violé. Il a perdu une dent et a failli perdre un œil. Quelque chose durcit en lui, quelque chose change définitivement, les larmes se tarissent dans son ventre. Il s'est élancé du promontoire du désespoir. Il se bat pour sa vie. Il voit le visage de son bébé devant lui, il a un rendez-vous qu'il doit respecter et il y sera, il le jure, assis là dans la merde, dans la saleté et les mauvaises odeurs, quand le bébé naîtra.

Hayward obtient la caution pour Fonny. Mais elle est élevée. Et voici l'été : le temps.

Un jour que je n'oublierai jamais, Pedrocito m'a ramenée en auto du restaurant espagnol à la maison. Epuisée, je me suis assise sur une chaise.

Le bébé était agité et j'avais peur. Mon temps était proche. J'étais si fatiguée que je souhaitais presque mourir. Fonny avait été mis au secret et je n'avais pas pu le voir pendant une longue période. Je l'avais revu cet après-midi. Il était si maigre, si meurtri : j'aurais voulu crier ma colère. Mais à qui ? où ? Je lus la question dans les yeux noirs immenses de Fonny — des yeux qui brûlaient maintenant comme ceux d'un prophète. Pourtant, quand il a souri, j'ai retrouvé mon amant comme la première fois.

« Va falloir mettre un peu de viande sur ces os, j'ai dit. Le Seigneur ait pitié.

— Parle plus fort. Il ne t'entend pas. » Mais il souriait.

« Nous avons presque tout l'argent pour la caution.

— J'en étais sûr. »

Nous sommes restés assis et nous nous sommes regardés. Nous faisions l'amour à travers tout ce verre, à travers cette pierre et cet acier.

« Ecoute. Je sortirai bientôt. Je reviendrai vers toi parce que je suis content d'être venu ici. Tu comprends ce que je veux dire ? »

J'ai regardé ses yeux.

« Oui.

— Ecoute. Je suis un artisan. Je suis comme le type qui fait... des tables. Je n'aime pas le mot artiste. Je ne l'ai jamais aimé, je crois. Je sais même pas ce qu'il veut dire. Je suis un type qui travaille avec ses couilles, qui se sert de ses mains. Je comprends le truc. J'en suis sûr. Même si je dois avoir le dessous. Mais je ne crois pas que j'aurai le dessous. Maintenant. »

Il est très loin de moi. Il est avec moi, mais très

loin. Et à partir de maintenant, il le sera toujours.

« Où tu me conduiras, j'irai », j'ai dit.

Il a ri. « Oh ! baby ! Baby. Je t'aime. Et je vais nous fabriquer une table où des tas de gens viendront manger pendant très, très longtemps. »

De ma chaise, je regarde les rues sinistres, par la fenêtre.

Le bébé a demandé : *N'y a-t-il pas un seul juste parmi eux ?*

Et il a bougé, mais d'une façon nouvelle, et j'ai compris que mon temps était presque arrivé. Je me souviens avoir regardé ma montre : il était huit heures moins vingt. J'étais seule, mais je savais que quelqu'un arriverait bientôt. Le bébé a bougé de nouveau ; j'ai retenu ma respiration et le téléphone a sonné.

Lentement, péniblement, j'ai traversé la pièce et décroché.

« Allô ?...

— Allô... Tish ? C'est Adrienne.

— Comment vas-tu ?

— Tish... est-ce que tu as vu mon père ? Est-ce que Frank est chez vous ? »

Sa voix a failli me renverser. Je n'avais jamais entendu une telle panique.

« Non. Pourquoi ?

— Quand l'as-tu vu pour la dernière fois ?

— Mais... je ne l'ai pas vu. Je sais qu'il a vu Joseph. Mais moi, je ne l'ai pas vu. »

Adrienne pleurait. Au téléphone, le son était horrible.

« Adrienne ! Que se passe-t-il ? Que se passe-t-il ? »

Et je me souviens que brusquement tout s'immobilisa. Le soleil et la terre s'arrêtèrent de tourner, le ciel se figea dans l'attente et je posai une main sur mon cœur pour l'empêcher de battre.

« Adrienne ! *Adrienne !*

— Tish... papa a été renvoyé de son travail, il y a deux jours — ils ont dit qu'il volait et ils ont menacé de le faire mettre en prison. Il était tout retourné, à cause de Fonny et de tout ça, et il était ivre quand il est rentré à la maison, il a injurié tout le monde, il est ressorti et personne l'a vu depuis... Tish... tu ne sais vraiment pas où est mon père ?

— Adrienne, trésor, je te jure que non. Je ne l'ai pas vu.

— Tish, je sais que tu m'aimes pas...

— Adrienne, toi et moi, on s'est un peu disputées, mais c'est rien. C'est normal. Ça veut pas dire que je t'aime pas. Je te ferais sûrement pas de mal. Tu es la *sœur* de Fonny. Et si je l'aime, je dois t'aimer aussi, Adrienne...

— Si tu le vois... tu m'appelles ?

— Oui. Oui. Bien sûr.

— Je t'en supplie. J'ai peur », a-t-elle ajouté d'une voix basse, changée, avant de raccrocher.

Au moment où je reposais le téléphone, une clé a tourné dans la serrure et maman est entrée.

« Tish, qu'as-tu ? »

Je suis retournée à ma chaise.

« C'était Adrienne. Elle cherche Frank. Elle dit qu'on l'a renvoyé de son travail et qu'il était dans un état épouvantable. Et Adrienne... avait l'air complètement paniquée, Maman... » Nous nous sommes regardées ; le visage de ma mère était aussi immobile que le ciel. « ... Est-ce que papa l'a vu ?

— Je ne sais pas. Mais Frank n'est pas venu ici. »

Elle a posé son sac sur la télévision et s'est approchée de moi. Elle a mis sa main sur mon front.

« Comment te sens-tu ?

— Fatiguée. Bizarre.

— Tu veux que je te verse un peu de cognac ?

— Oui. Merci. C'est peut-être une bonne idée. Ça calmera mon estomac.

— Tu as envie de vomir ?

— Un peu. Ça passera. »

Elle est allée dans la cuisine et est revenue avec un verre de cognac qu'elle m'a tendu.

J'ai bu lentement en regardant le ciel. Elle m'a observée un moment, puis est ressortie de la pièce. Je regardais le ciel. J'avais l'impression qu'il avait un message pour moi. Je me trouvais dans un lieu étrange, seule. Tout était immobile. Même le bébé.

Sharon est revenue.

« Tu as vu Fonny aujourd'hui ?

— Oui.

— Comment était-il.

— Il est magnifique. Ils l'ont battu, mais ils n'ont pas pu le battre — si tu vois ce que je veux dire. Il est magnifique. »

Mais j'étais si fatiguée que j'arrivais à peine à parler, je me souviens. Quelque chose allait se passer en moi. Voilà ce que j'éprouvais, assise sur cette chaise, en train de regarder le ciel — j'étais incapable de bouger. Je ne pouvais qu'attendre.

Jusqu'à ce que mon temps arrive.

« Ernestine a obtenu le reste de l'argent, je crois, a dit Sharon en souriant. De son actrice. »

Avant que j'aie pu répondre, la sonnette a retenti et Sharon est allée ouvrir. Quelque chose dans le son de sa voix m'a fait dresser d'un seul coup et j'ai lâché le verre de cognac. Je revois encore le visage de Sharon, derrière mon père, et je revois aussi le visage de Joseph.

On avait trouvé Frank dans les bois, très loin d'ici, tout en haut du fleuve ; il était assis dans sa voiture, les portières fermées et le moteur allumé.

Je me suis assise.

« Est-ce que Fonny le sait ?

— Je ne crois pas. Pas encore. Il ne le saura que demain matin.

— Il faut que je le lui dise.

— Tu ne peux pas y aller avant le matin, mon enfant. »

Joseph s'est assis.

Sharon m'a demandé d'une voix brusque : « Comment te sens-tu, Tish ? »

J'ai ouvert la bouche pour dire... je ne sais pas quoi. Je n'ai pas pu reprendre ma respiration. Tout a disparu, sauf les yeux de ma mère. Une complicité inouïe s'est établie entre nous. Puis je n'ai plus vu que Fonny. Puis j'ai hurlé et mon temps est arrivé.

Fonny travaille le bois, travaille la pierre, en sifflant, en souriant. Et, de très loin, mais de plus en plus près, le bébé crie, crie, crie, crie, crie comme s'il voulait réveiller les morts.

(Columbus Day), 12 octobre 1973,
Saint-Paul-de-Vence.

Achevé d'imprimer en avril 1997 sur les presses
de l'Imprimerie Hérissey à Évreux (Eure) pour le compte
des Éditions Stock, 23, rue du Sommerard, 75005 Paris

Dépôt légal : avril 1996
N° d'éditeur : 1913
N° d'imprimeur : 76497
54-12-4802-01/2
ISBN 2-234-04802-8